UN ESPOIR DIVIN

PACTE AVEC LE DIABLE

ELIZA RAINE

Pour ceux qui ont du mal à croire.
N'abandonnez jamais.

— Ouille !

Une douleur sourde me palpita dans le flanc quand Rory m'asséna un autre coup dans les côtes.

— Fais gaffe, la nouvelle !

Elle fusa hors de portée avant que mon coup de pied réactif ne puisse toucher sa cible.

— C'est assez dur de se concentrer, marmonnai-je.

— Dis, tu as demandé ces leçons, dit-elle en se redressant, interrompant son jeu de jambes défensif. Je ne perds pas mon temps, hein ?

— Non. Bien sûr que non. Je vais me concentrer, promis.

Rory hocha la tête et se ramassa à nouveau, en levant ses poings gantés.

· · ·

C'était notre quatrième leçon d'auto-défense depuis que Banks nous avait tabassées toutes les deux aux QG du Ward – la quatrième en quatre jours. Et je m'améliorais.

Mais j'avais aussi une bonne raison d'avoir du mal à me concentrer.

J'avais cru si fort que la voix que j'avais entendue sur l'enregistrement radio de Malc était celle de ma mère.

Nous avions passé le bâtiment au peigne fin, Nox usant de son influence considérable et cassant les pieds à un certain nombre de personnes, notamment à son frère Michel, mais nous n'avions trouvé aucun signe d'elle. Ou de qui que ce soit pouvant seulement la reconnaitre en photo.

Assurez-vous qu'elle ne trouve rien.

C'était ce qu'avait dit la voix à la radio. À propos de moi et du fait que je recherchais mes parents.

M'avaient-ils abandonnée délibérément ?

Je sentis ma lèvre se retrousser quand je donnai un féroce coup de poing à Rory. Elle l'évita facilement, m'assénant une contre-attaque dans le bras quand elle se redressa. Je lui décochai un coup de pied bas, accrochant son genou et la faisant sauter en arrière.

— Joli, dit-elle de mauvaise grâce. De l'eau.

Je fus soulagée de baisser les bras le long des flancs et de reprendre mon souffle pendant qu'elle se retournait et marchait vers le banc où se trouvaient nos bouteilles d'eau, et Francis. Nous étions dans les jardins de Lavender Oaks, et je ne pus m'empêcher de sourire à la figure captivée de Francis.

— Ma chérie, la bouteille d'eau vient de disparaitre,

juste là, dit-elle en agitant la main en direction des affaires de Rory. Est-ce que ça veut dire qu'elle l'a ramassée ?

Rory jeta un regard noir à Francis et aspira de l'eau de sa bouteille.

— Oui, lui dis-je. Rory est debout, juste à côté de toi.

Francis poussa un long soupir. On ne lui avait pas soulevé le Voile alors, même si elle me croyait, à cent pour cent, quand je lui disais que je m'entrainais contre une pixie, elle ne pouvait pas voir Rory.

— C'est quand même rigolo de te voir te bagarrer toute seule. On dirait un film.

— Franchement, ils te laissent regarder n'importe quoi, ici, dis-je en secouant la tête.

— Je suis une antiquité. J'ai le droit de regarder ce que je veux. Et en plus, ce n'est même pas vrai. Ils m'ont confisqué tout un tas de trucs.

J'ouvris la bouche pour lui demander quoi, puis me ravisai.

— On fait tes exercices, maintenant ? lui demandai-je à la place.

La maison de retraite lui avait dit qu'elle avait besoin d'améliorer sa mobilité, et je lui avais proposé de l'aider avec des étirements.

Elle hocha la tête et se souleva du banc.

— Bien.

C'était une excuse pour avoir une pause plus longue avant de reprendre l'entrainement avec Rory.

Je haussai les sourcils de surprise quand, au lieu de m'enguirlander ou de me traiter de feignasse, Rory vint se positionner à côté de moi. J'étirai lentement les bras d'un côté, laissant le temps à Francis de faire la même chose. Rory nous imita.

— Tu te joins à nous ? lui demandai-je.

Elle haussa les épaules.

— Ça ne fait pas de mal.

Mon esprit dériva alors que nous nous penchions en inspirant profondément.

Peut-être que ce n'était pas ma mère. *Évidemment* que ce n'était pas ma mère.

Malc n'avait pas fait de progrès à propos du propriétaire de la voix masculine. Pour être honnête, nous n'avions fait beaucoup de progrès en rien. L'Envie se cachait toujours derrière ses profils de réseaux sociaux, l'Orgueil était perdu dans l'éther, et nous n'avions pas trouvé de pistes du tout à propos du livre.

J'étais presque sûre que Banks était responsable du vol du livre. Mais même la puissance du Ward n'avait pu encore le retrouver. Ou la pauvre Cheryl, la Wardienne qu'il avait emmenée avec lui comme otage quand il s'était échappé.

Soudain, de la chaleur coula sur nous dans la brise, et je tournoyai, oubliant Rory et Francis en un battement de cœur.

— Nox ?

Je ne l'avais pas vu depuis trois jours. Et d'une

manière ou d'une autre, nous n'avions pas été séparés aussi longtemps depuis qu'il était entré dans ma vie et m'avait proposé un marché que je n'avais pas pu refuser. Un marché qui avait conduit à la meilleure nuit de ma vie.

Il était allé visiter l'enfer, pour découvrir comment les chiens s'étaient échappés. Il n'avait pas voulu y aller, surtout parce qu'il voulait éviter le dieu qu'il détestait tant, Examinus. Mais c'était une piste qu'il était le seul à pouvoir remonter, et nous étions à court d'autres options.

Des papillons vrombirent dans mon estomac tandis que sa silhouette grossissait contre le ciel bleu, à son approche. Comment un homme que je connaissais depuis si peu de temps pouvait-il avoir un tel effet sur mon esprit et mon corps ? Quand je ne me tracassais pas à propos de ma mère, j'avais pensé à lui sans arrêt, et je m'étais languie si fort de ses caresses que j'en avais rêvé toutes les nuits.

Je m'éloignais de Francis et Rory et, quelques secondes plus tard, Nox atterrit sur la pelouse devant moi.

Il était torse nu, de sublimes ailes dorées derrière lui, ses cheveux sombres et fous. Ses yeux brûlaient d'un feu bleuté quand il me contempla.

— Beth.

Il m'attira à lui, et sa peau était si chaude que je pus à peine le supporter. Mais ses lèvres trouvèrent les miennes, et ma température monta en flèche pour égaler la sienne.

— Tu m'as manqué, soufflai-je contre sa bouche

quand son baiser affamé se calma assez pour que je puisse parler.

— Tant mieux. Tu m'as manqué aussi, même si je n'aurais pas voulu de toi avec moi là-bas.

Ses yeux se durcirent à ces mots, et ma figure se fronça.

— Qu'est-ce qui s'est passé ?

— Examinus prétend ne rien savoir à propos de chiens des enfers qui se seraient échappés. Il me ment. Et mes efforts pour récupérer mon pouvoir ne l'impressionnent pas.

La lèvre de Nox se retroussa de colère, et des ombres balayèrent la lumière dans ses yeux. Un petit picotement d'exaltation bouillonna en moi, et mes sourcils se haussèrent de surprise à cette réaction. *Ses ombres m'excitaient ?* C'était nouveau.

— Tu as appris quoi que ce soit d'utile ?

— Non. Il croit que mes frères travaillent pour trois autres dieux, et qu'ils sont derrière les vols et la fuite des chiens des enfers.

— Et pas toi ?

— Non. Seul un dieu ou un ange dont le pouvoir est enraciné en enfer pourrait libérer des chiens sauvages de ce royaume.

— Il y en a beaucoup ?

— Deux dieux, y compris Examinus, et environ une douzaine d'anges, mais ni Michel ni Gabriel. Mais Examinus ne m'a laissé interroger aucun d'entre eux. Il a dit que c'était une insulte de seulement le suggérer, alors que j'aurais dû être en train de rassembler mes forces et de me préparer à combatte mon véritable ennemi.

Nox émit un bruit grondant, et de la chaleur m'envahit la poitrine.

— On dirait vraiment un connard.

— Un connard ? C'est un euphémisme.

Nox resserra sa prise sur moi et m'attira tout contre son torse.

— Je ne crois pas que tu aimerais beaucoup l'enfer, Beth.

— Sans blague, marmonnai-je en me blottissant dans son étreinte et en pressant ma figure contre sa poitrine dure et chaude. Ce n'est pas exactement une destination touristique.

— Bientôt, il faudra qu'on ait la conversation qu'on repousse.

Sa voix était basse, son torse grondant contre ma joue.

Je poussai un soupir. Je ne voulais pas penser au fait que Nox redeviendrait le vrai diable et passerait ses journées en enfer, à punir les scélérats. Parce que je savais aussi bien que lui que je ne pourrais pas vivre comme ça. Je ne savais même pas si je pouvais survivre à l'enfer – j'étais mortelle.

Mais je savais pourquoi il abordait le sujet. Je sentais battre son cœur, aussi vite que le mien. Je ne pensais pas être la seule à commencer à me dire qu'une vie où nous serions séparés ne valait pas la peine d'être vécue.

DEUX

BETH

—Je retourne au bureau, dit Rory fort derrière nous.

— C'est le soir, dis-je en me tournant vers elle.

Les bras de Nox ne se détendirent pas autour de moi, me donnant tout juste assez d'espace pour pivoter.

Elle haussa les épaules.

— J'ai des trucs à faire. On se voit demain.

Elle hocha la tête à l'attention de Nox, puis ramassa ses affaires sur le banc. Francis adressa à Nox un salut avec le doigt.

— Salut, M. diable, dit-elle.

Je sentis sa poitrine bouger quand il gloussa.

— Bonjour, Francis, lança-t-il.

Puis il tendit la main vers ma joue et me retourna vers lui.

— Il faut que je rentre à la maison pour m'occuper de

certaines choses, et me débarrasser de la puanteur de l'enfer. Tu viens chez moi à huit heures ?

— Oui.

J'irais là où il me le dirait, quand il me le dirait.

Je baissai la voix.

— J'imagine, vu que tu n'as pas retrouvé du pouvoir, qu'on ne peut pas...

Il serra les mâchoires et grinça des dents, puis parla.

— Si nous étions près de trouver un des péchés perdus, alors on pourrait prendre le risque. Mais vu les circonstances...

Il poussa sa main dans mes cheveux, agrippant ma nuque. Mon souffle siffla devant sa soudain intensité.

— Beth, ne te sens pas coupable pour ce que je vais te dire...

Ses prunelles bleues brûlèrent, et je sus ce qu'il allait dire.

— Il est devenu évident que j'étais affaibli quand je suis allé en enfer.

La culpabilité me dégoulina à l'intérieur, comme du poison glacé douchant ma joie de le retrouver.

— Je suis désolée.

Son étreinte se resserra, et il m'embrassa. Pas avec la même voracité, mais tout aussi intensément qu'avant.

— Je ne le suis pas. Je ne serai jamais désolé de t'avoir donné du plaisir. Je ne serai jamais désolé de t'avoir revendiquée comme mienne. Et je ne veux pas que tu le sois.

Il disait la vérité. Son pouvoir sensuel me dévoilait ses intentions quand nous étions si proches, et je savais avec toutes les fibres de mon être qu'il accordait plus d'importance à ces moments de passion béate avec moi qu'à son pouvoir. En fait, ce n'était pas juste de la passion. Ses émotions irradiaient de lui et s'infiltraient en moi, pénétrant toutes mes défenses. Ce qu'il ressentait pour moi était aussi fort que ce que je ressentais pour lui.

— Nox...

Il tendit la main, effleurant mes lèvres avec ses doigts, interrompant les mots avant qu'ils ne sortent.

— J'aimerais qu'on poursuive cette conversation plus tard, quand on sera tous les deux à l'aise et dans un endroit privé.

Son habituel sourire espiègle s'empara de ses lèvres.

— J'aurai peut-être envie de te dire des choses indécentes.

Je me mordis la lèvre.

— Tu sais, Francis ne peut pas t'entendre d'ici.

— Peu importe, sourit-il. Je te verrai dans quelques heures.

Après un dernier tendre baiser, il recula d'un pas. Ses ailes se déployèrent derrière lui et, en quelques grands battements, il s'éleva dans les airs.

Je le regardai partir et me dirigeai vers Francis.

— C'est vraiment dommage que tu ne puisses pas passer tout ton temps, nuit et jour, à chevaucher cet homme comme un fichu cheval de course.

— Je ne te contredirai pas, lui dis-je.

— Vous l'avez déjà fait en volant ?

Ses yeux s'illuminèrent quand elle me regarda.

— Non !

— Pourquoi pas ? Je le ferais.

— Je ne sais pas si je pourrais me concentrer, dis-je en agitant la main d'un air gêné. Pire, je ne sais pas *s'il* pourrait se concentrer. Il pourrait me lâcher.

— Je suis sûre qu'il te rattraperait.

Elle marquait un point. Il le ferait probablement. Le souvenir de lui surgissant à tire-d'aile de nulle part quand j'étais tombée de l'arbre, pour me rattraper dans ses bras tel Superman, passa dans ma tête. Un délicieux ronronnement me parcourut le corps, concentré au plus profond de moi. Peut-être Francis avait-elle eu une bonne idée.

— J'y réfléchirai, dis-je. Mais tant qu'on n'aura pas retrouvé ses péchés perdu et son pouvoir, on ne peut rien faire, dans les airs ou non. Ça l'affaiblit. Je ne serai pas responsable de sa mort.

Cette ferme déclaration était un rappel, autant pour Francis que pour moi, que le sexe avec Nox était interdit.

Elle m'adressa un signe de tête à contrecœur.

— Ouais, j'imagine que ça ne vaut pas la peine de mourir, même pour une bonne partie de jambes en l'air.

Je poussai un soupir. Une bonne partie de jambes en l'air, ça ne suffisait pas pour décrire l'intimité avec cet homme. *Cet ange,* me rappelai-je. Ce n'était pas un homme. C'était un ange déchu.

Une partie de moi était réticente à l'idée de lui parler d'avenir. L'autre moitié ne pouvait croire qu'il éprouvait des sentiments si forts que l'avenir était seulement devenu un sujet de discussion. Cela faisait monter en flèche mon assurance de savoir qu'il me rendait mon désir obsessif. En fait, la sensation chaude et audacieuse que je ressentais si souvent en sa présence commençait à devenir une compagne plus régulière, même quand il n'était pas là. Je ne savais pas si c'était la petite balle de son pouvoir qui vivait maintenant sous mes côtes, brûlante, et féroce, et un peu effrayante, ou si cela venait de moi.

J'espérais que cela venait de moi. Ça me semblait familier, contrairement à son pouvoir. J'avais plutôt l'impression qu'une version plus coquine de moi se réveillait. Une version qui ne redoutait pas les remontrances de maman, ni d'être délaissée par des hommes ou des amis en faveur de quelqu'un de plus excitant.

— Le soleil se couche, dit Francis. Il faut que tu te prépares pour ton rendez-vous de ce soir.

— Tu pouvais nous entendre parler ? demandé-je, surprise.

— Ma chérie, je suis vieille, pas sourde.

Lentement, nous traversâmes les jardins ensemble, pour retourner à la maison de retraite.

— Beth, tu penses que j'aurai un jour le droit de voir Rory et tous tes trucs magiques ?

— Tu as vu le chien des enfers.

— Non, j'ai vu la terre s'ouvrir en deux et plein de feu bizarre.

— Je pourrais demander qu'on soulève le Voile pour toi, dis-je. Mais j'ai entendu dire que ce n'était pas facile.

Sa figure s'emplit d'excitation, et son allure accéléra un peu.

— Tu couches avec le diable. Tu as sûrement des contacts ?

Je souris à son enthousiasme.

— Je vais demander à Rory. Elle s'y connait.

Francis battit des mains.

— Alors je pourrai participer aux cours d'auto-défense.

L'idée de Francis en train d'affronter la pixie super affûtée me fit rire.

— J'ai hâte de voir la réaction de Rory.

— J'ai hâte de la voir tout court, répondit Francis.

— Pas de promesse, mais je vais voir ce que je peux faire.

— Ah mince, j'ai laissé ma bouteille d'eau sur le banc, dit Francis en se retournant.

— Je vais la chercher, lui dis-je en me retournant aussi.

— Merci, ma chérie. Qui est-ce ?

Francis pointa le doigt. J'aperçus une silhouette en pardessus beige, debout près du banc, au loin. Elle était trop loin pour bien la distinguer, et je fronçai les sourcils.

— Une aide-soignante ? Ou un résident ? Peut-être qu'il vient chercher ta bouteille. Je vais voir.

Je partis à petites foulées vers le banc, et la silhouette se retourna pour se diriger vers le bosquet d'arbres. Quand j'arrivai, la personne n'était plus nulle part en vue. La bouteille de Francis était là, cependant, alors je la ramassai et repartis en direction de la maison de retraite.

— Aucune idée de qui c'était, dis-je à Francis en haussant les épaules.

Elle s'était déjà installée dans son fauteuil relax.

— Peu importe. Tu promets que tu vas demander à soulever le Voile pour moi ?

— J'ai déjà dit oui.

— Non, tu as dit : « pas de promesse ». Je veux une promesse.

— Je promets de demander. Je ne peux pas faire plus que ça.

Elle m'adressa un large sourire éclatant.

— Merci, Beth. Tu es un ange.

TROIS

BETH

Claude attendait devant mon appartement quand je sortis, et je le suis joyeusement jusqu'à là où la voiture était garée. Quand nous arrivâmes à Grosvenor Street, il se rangea devant la vieille demeure gothique de Nox, et la cloison entre l'arrière de la voiture et la cabine s'abaissa lentement.

— M. Nox m'a demandé de vous donner ça, dit-il.

Puis il passa un petit objet métallique par la fenêtre. Je le pris et ne pus retenir mon sourire.

Une clé.

— Merci, Claude.

Cela me fit bizarre de glisser la clé dans l'énorme porte d'entrée. Ce n'était pas chez moi, ni ne ressemblait à n'importe quelle maison pour laquelle j'aurais pu m'attendre à avoir une clé. Mais si Nox avait demandé à me donner une clé, je me sentais obligée de l'utiliser.

Je poussai la porte d'entrée et entendis Belzépote patiner sur le parquet quelques secondes avant qu'il ne surgisse en bondissant dans le vestibule. Je ris et le saluai, en inspirant l'odeur de café.

Je remontai la piste jusqu'à la cuisine, où je trouvai Nox appuyé contre le comptoir, près de la machine à café. Il décroisa les bras, et un peu de tension quitta son corps quand il me vit.

Mon corps, en revanche, s'était tendu jusqu'à l'inconfort à sa vue.

Il portait un jogging, et un tee-shirt si serré qu'on aurait dit une seconde peau. Toutes les délicieuses courbes de ses muscles étaient exposées – chaque ligne de ses abdos. Il surprit mon examen un peu trop lent, et un sourire espiègle fendit ses lèvres.

De la chaleur se répandit en moi, me faisant serrer les cuisses.

— Bonsoir.

Bon sang, cet accent ! Je ne me lasserais jamais, jamais de l'entendre parler.

— Salut, dis-je.

— Comment vas-tu ?

— Bien, merci. Et toi ?

— Bien mieux après une douche et du sport. Et l'odeur du café. Tu as du courrier.

Il montra du menton une enveloppe sur le comptoir, près d'une tasse d'espresso fumant, et je fronçai mes sourcils.

— Ici ?

— Je ne sens rien de magique, dit-il sans cacher la

suspicion dans sa voix. Mais sois prudente. Il n'y a pas d'adresse dessus, alors ça n'a pas été envoyé par la poste. Ça a été glissé sous la porte par quelqu'un.

Je fronçai les sourcils, tout en m'asseyant sur un tabouret et en tirant l'enveloppe vers moi.

— Qui m'écrirait ici ? commençai-je à dire.

Mais ma voix mourut sur mes lèvres.

Nox fut à mes côtés en un instant.

— Qu'est-ce qui ne va pas ?

— Ça fait longtemps, mais... Je pourrais jurer que c'est l'écriture de ma mère.

Je fixai mon nom du regard, inscrit en jolie cursive, des souvenirs me dégringolant dans la tête.

L'écriture de ma mère ressemblait-elle à ça ?

Ça ne pouvait pas être son écriture. C'était tout simplement impossible.

Incapable de contenir ma curiosité, je déchirai l'enveloppe. Je sentis Nox se raidir à côté de moi mais, quand je la renversai prudemment, tout ce qui en voleta furent deux petits morceaux de papier. Je tendis la main vers le premier.

— C'est un ticket pour le musée d'histoire naturelle.

Nox poussa un soupir sifflant.

— Un des rares endroits en ville où je ne peux pas aller.

— Vraiment ? demandai-je avec surprise. Pourquoi ?

— Un génie plus puissant qu'Adstutus possède le musée d'histoire naturelle. Et elle ne m'apprécie pas beaucoup.

— Oserai-je demander pourquoi ?

— une histoire pour un autre jour, dit-il.

Je ravalai ma protestation et retournai le ticket entre mes mains. Une inscription attira mon attention. Une inscription dans la même écriture illisible. Mon ventre frémit avec gêne.

Pose des questions à propos du Livre des Péchés.

— Nox, regarde.

Il leva le ticket, lisant l'inscription.

— Et tu penses que c'est l'écriture de ta mère ?

— Comment est-ce possible ?

— Beth, je suis désolé de te dire ça, mais je pense que c'est probablement quelqu'un qui essaye de t'attirer dans un piège.

Le sens de ces mots s'infiltra en moi, et la flammèche d'espoir dans mes tripes s'évanouit.

Je le regardai.

— Le génie du musée, elle aurait pu te voler le livre ?

Nox grogna.

— Il n'y a pas moyen qu'elle l'ait volé, non. Elle est collet monté, comme on dit. Mais je suppose qu'on a pu essayer de le lui vendre.

— Quelqu'un comme Max ?

— Quelqu'un d'exactement comme Max.

Les yeux de Nox s'embrasèrent quand il parla.

— Et elle le lui aurait acheté ? Si elle ne t'aime pas ?

— Peut-être. Et puis, elle l'aurait revendu. Pas au plus offrant, mais à la personne qui me dérangerait le plus.

— Qui ça ?

Il haussa les épaules.

— Je me suis fait beaucoup d'ennemis, à l'époque.

— Il y en a qui pourraient te faire chanter avec ? Le garder en échange d'une rançon ?

— J'imagine qu'on aurait eu des nouvelles depuis le temps. Le livre a disparu depuis des semaines.

J'attrapai la tasse de café et bus une gorgée.

— Nox, je sais que ça ne va pas te plaire, mais...

Il me coupa avant que je ne puisse terminer la phrase.

— Tu veux aller au musée.

Je hochai la tête.

— On ne peut pas se permettre de ne pas explorer certaines pistes.

Et puis, ça ressemble vraiment, vraiment à l'écriture de ma mère.

— Je suis d'accord.

Je haussai les sourcils, surprise.

— Vraiment ? Je pensais que tu me dirais que c'est trop dangereux si tu ne pouvais pas aller avec moi.

Une petite bulle d'appréhension gonfla dans mon ventre. Avais-je eu envie qu'il dise que c'était trop dangereux ? Je veux dire, si le musée d'histoire naturelle était un des quelques endroits en ville où Nox ne pouvait pas aller, c'était le lieu idéal pour une embuscade. Je sentis une brûlure dans mon torse, et cette voix nouvelle, mais pas inconnue, dans ma tête intervint. *C'est l'occasion de faire tes preuves. C'est l'occasion d'apporter quelque chose à cette situation que Nox ne peut pas. Tu peux le faire. Tu te rappelles ce que tu as fait à Banks ?*

Le souvenir du nez de Banks éclatant sous mon coup de tête me fit me redresser sur mon tabouret et soutenir le regard de Nox.

— On n'est pas des jouets avec qui s'amuser, dit-il d'une voix dure. Et on ne se planquera pas. Piège ou non, la personne qui t'a envoyé ça sait quelque chose que nous ignorons.

Je hochai la tête.

— On doit vérifier. Et Rory peut aller au musée, non ?

— Oui. Elle ira avec toi. Techniquement, si c'était une question de vie ou de mort, je *pourrais* entrer dans le musée. Mais ce ne serait pas joli, et les conséquences seraient terribles.

Si on en venait là, alors il pourrait me porter secours. L'excitation pulsait à travers moi, maintenant. Nous avions une piste, enfin, et c'était à moi de la suivre.

Nox tendit la main, effleurant ma mâchoire avec les doigts et attirant ma figure vers la sienne. Des frissons de plaisir me parcoururent sous sa caresse. Il se pencha en avant, touchant doucement mes lèvres avec les siennes.

— S'il t'arrive quoi que ce soit...

Son souffle était tiède contre ma bouche, quand il parla entre de tendres baisers.

— ... Je brûlerai toute cette putain de planète en guise de châtiment.

L'excitation se disputa à l'horreur à ces mots. L'excitation que *lui*, un ange tout-puissant, puisse ressentir des choses si fortes pour *moi*, une mortelle ennuyeuse qui aimait les romans d'amour.

L'horreur, parce que je le croyais.

— Toute la planète ? Ça semble excessif, murmurai-je contre ses lèvres.

— J'ai mauvais caractère.

J'avais vu Nox perdre son sang-froid, une fois au-dessus de la Tamise, avec un prisonnier entre ses griffes, et une fois entravé par des liens magiques et derrière une vitre, impuissant. Il avait été terriblement effrayant les deux fois.

— Qu'est-ce qu'il y a sur l'autre bout de papier ? demandai-je, décidant d'interrompre ce cheminement de pensées.

Et le baiser menaçait de causer assez de chaleur pour se répandre entre mes cuisses et faire fondre ma culotte.

Nox recula avec un effort manifeste et ramassa l'autre bout de papier. Il le tourna vers moi, montrant le symbole dessiné dessus. Je le reconnus instantanément.

— C'est ça ! C'est le symbole que j'ai vu !

Nox fronça les sourcils en l'examinant.

— C'est bizarrement familier. Mais je ne sais pas pourquoi.

Un picotement de curiosité ondula à travers moi.

— J'ai fait un assez mauvais croquis de ça pour Malc, mais on devrait nous assurer qu'il voie cette version. C'est bien plus clair.

Nox hocha la tête.

— Il faut que je lui parle, de toute manière.

Une fois que le café eût été remplacé par un verre de délicieux malbec d'un rouge profond, Nox s'assit à côté de moi et lança un appel vidéo depuis son ordinateur portable. Le visage pâle et les yeux rouges de Malc apparurent sur l'écran.

— Boss, dit-il avec un signe de tête. Girl Boss.

— Salut Malc, dis-je avec un salut de la main. Des nouvelles de l'enregistrement ?

Je ne pus m'empêcher de demander.

— Non, mais j'ai bien une piste sur autre chose concernant tes parents.

Mon cœur bafouilla dans ma poitrine et je me penchai en avant.

— Adstutus nous a envoyé tes résultats sanguins, et je les ai envoyés à une pote en Amérique du Sud, une alchimiste, douée avec toutes les substances.

Je le poussai intérieurement à en venir au fait plus vite.

— Elle pense pouvoir bosser sur la trace d'ADN.

— Comment ça *bosser* ?

— Elle pourrait découvrir quel type de magie tes parents avaient.

Je sentis une bouffée d'espoir. Ça ne me dirait pas où ils étaient, ni s'ils étaient seulement vivants, mais ça m'en apprendrait plus sur eux que je ne savais pour le moment.

— Combien de temps ça lui prendrait ?

— Elle m'appelle demain. Je vous transmettrai tout de suite ce qu'elle a dit.

— Malc, merci. Merci beaucoup.

Le vampire haussa les épaules.

— Je fais juste mon boulot, Girl Boss.

— Eh bien, j'apprécie. Même si je ne suis pas sûre de savoir ce que je pense de « Girl Boss ».

— Tu t'y feras.

Ses yeux rouges s'embrasèrent d'amusement.

— J'aime assez, dit Nox.

Je lui donnai un coup de poing dans le bras. Il m'ignora et leva le morceau de papier avec le symbole devant la caméra.

— Beth a reçu ça aujourd'hui. C'est une version plus précise de ce qu'elle a vu sur Banks.

— D'accord, prenez-moi ça en photo et envoyez-le-moi pour me moment, mais assurez-vous de m'apporter le document dès que possible... Il y a peut-être des indices dessus.

— Je l'apporterai moi-même demain. Rory est là ?

Rory apparut sur l'écran quelques minutes plus tard.

— Rory, j'ai besoin que tu passes la journée avec Beth demain.

La pixie ne changea pas d'expression, toujours aussi froide.

— Bon. Appelez-moi quand vous aurez besoin de moi.

Rory disparut du champ, et Malc me décocha une grimace.

— Je suis certain que vous serez comme cul et chemise en un rien de temps, sourit-il.

Je lui rendis son sourire sarcastique.

— Aucun doute.

Même si je commençais à deviner que la pixie colérique m'aimait plus qu'à notre première rencontre. Et j'étais sûre qu'elle pourrait m'aider à mieux me protéger. Le problème, c'était que tout le monde faisait de la magie sauf moi.

— Nox, y a-t-il quoi que ce soit que je puisse utiliser pour me défendre contre la magie ? Faute d'en avoir aussi ?

Il me regarda d'un air pensif pendant un moment, puis Malc.

— Je connais quelques armes que des mortels peuvent manier.

— Je suis dessus, dit Malc.

— Bien. On se voit demain.

Quand l'ordinateur fut refermé, Nox me regarda.

— Je fais beaucoup, beaucoup d'efforts pour ne pas vous soulever de ce tabouret, avant de vous emmener à l'étage pour apprendre ce qui vous ferait hurler mon nom le plus fort, Miss Abbott.

Je me tortillai sur mon siège, les joues et l'intérieur tout brûlants.

— Tu sais, ce n'est pas juste de parler comme ça. On ne peut rien faire.

— Alors distrais-moi. Avant que je ne perde le contrôle.

— Voilà une idée, dis-je en refusant de détourner les

yeux de sa figure, au risque de dévorer du regard son corps délicieux. On ne parle pas de l'enfer, ou de péchés, ou d'anges, ou de parents. Rien de tout ça. On discute juste. L'un avec l'autre. À propos de l'un et de l'autre.

Son sourire obscène se changea lentement en quelque chose de plus sincère.

— Je crois que c'est une putain d'idée géniale.

Mon cœur enfla dans ma poitrine.

— On peut jouer au crib, aussi ?

— Tu n'es pas sérieux. Ton film préféré, c'est *Top Gun* ?

Nox haussa les épaules, les yeux baissés vers les cartes déployées dans sa main.

— Rien ne vaut cette bande-son.

— Je ne pourrais pas être plus d'accord.

Il me regarda, avec de la lumière dans ses yeux.

— Vraiment ?

— Absolument.

— Quelle est ta chanson préférée ?

Je ne pus m'empêcher de sourire en regardant mes propres cartes. J'avais un jeu incroyable.

— Je te le dirai, si tu me bats.

Son regard dansa sur mon visage, puis il hocha la tête. Nous abattîmes nos cartes et, comme je m'y attendais, je gagnai.

— Alors... Tu dois me dire quelle est ta chanson préférée. Non, attends... Laisse-moi deviner.

Il s'adossa au canapé.

— *C'est Dangerzone*, n'est-ce pas ? dis-je triomphalement.

Lentement, il secoua la tête, puis se leva pour se diriger vers une chaîne hi-fi dans le coin de la pièce, qui semblait plus âgée que moi. Il appuya sur quelques boutons et les premiers rythmes de *Take My Breath Away* résonnèrent dans la pièce.

— Le diable aime les power ballads ? lui souris-je alors qu'il se tournait vers moi.

— Ouais. Plus ça fait années 80, mieux c'est, dit-il avant de me tendre la main, le regard plus sombre. Tu danses avec moi ?

Des chevaux sauvages n'auraient pu m'en empêcher.

Je bondis, prenant sa main tiède. Il m'attira contre son torse, et j'enroulai mes bras autour de son dos musclé, respirant son essence. Ensemble, nous nous déhanchâmes au rythme de la musique.

— Je t'ai dit que j'étais meilleur au crib qu'au poker, marmonnai-je dans sa chemise.

— Ça fait un moment que je n'ai pas joué. Je suis rouillé.

— Toujours des excuses...

Il baissa la tête, et je levai la mienne pour venir à sa rencontre. Son baiser me disait qu'il essayait de cultiver une ambiance légère et ludique.

La chanson changea, et Kenny Loggins fit irruption dans la pièce, avec sa guitare et sa ringardise à gogo, sorties tout droit des années 80.

Je ris, et les yeux de Nox brillèrent quand il leva ma main pour me faire tourner.

— Tu es enivrante.

— Tu n'es pas mal non plus, lui souris-je entre deux tours.

Il m'attrapa fermement dans son étreinte, se penchant jusqu'à ce que ses lèvres soient à quelques centimètres des miennes.

— Je suis sérieux, Beth. Tu me fais l'effet d'une drogue. Quelque chose dont je ne peux pas me lasser, ou dont je n'imagine jamais me passer.

Mon pouls accéléra pendant qu'il parlait – son odeur, son pouvoir, ses paroles unissant leurs forces pour me retourner l'estomac.

— Je ne vais nulle part.

— Dis-le.

Je savais ce qu'il voulait entendre. Son pouvoir de Luxure fit résonner le mot dans mon esprit.

— Je t'appartiens.

— Tu m'appartiens.

Des images de lui revendiquant mon corps et mon âme, nu et chaud dans des draps emmêlés, les muscles ondulant sous sa peau, m'inondèrent la tête, et je poussai un hoquet audible.

Il me lâcha brusquement, comme piqué par une mouche, et fit un pas en arrière. La faim brûlait si fort dans son regard qu'il avait l'air presque sauvage.

— Je dois y aller. Tout de suite.

D'autres images me traversèrent l'esprit. Moi gémissant son nom alors qu'il me pénétrait, moi assise sur ses genoux, en train d'aller et venir...

— Tout de suite. Bonne nuit, Beth.

Avec un dernier regard brûlant, il sortit en trombe de la pièce.

Je le regardai s'éloigner, des palpitations presque douloureuses entre mes jambes.

L'ancienne moi, que j'étais avant ma rencontre avec Nox, aurait été inquiète qu'il m'ait rejetée. Qu'il ne veuille pas de moi.

Mais cette Beth savait qu'il partait justement parce que son désir était trop puissant. Il ne pensait pas pouvoir garder le contrôle.

Et ce n'était plus seulement la Luxure que nous avions du mal à contrôler. Il y avait tellement d'émotion entre nous. Et pas n'importe quelle émotion banale. Je soupçonnais de plus en plus que c'était de l'amour.

Au simple fait de penser à lui, un sentiment se répandait dans tout mon corps – le sentiment que tout allait bien, que le monde était juste. Un désir féroce, frôlant la possessivité, m'envahit quand je pensai à toutes les choses qui auraient pu nous séparer.

Et tant qu'on ne s'en occuperait pas, on ne pourrait pas être ensemble. Nox devait récupérer le livre, les péchés et son pouvoir.

QUATRE

BETH

Nox bondit d'un tabouret dès mon entrée dans la cuisine le lendemain matin.

— Je suis désolé. À propos d'hier soir. Je...

— Tu n'as pas besoin de t'expliquer, dis-je en le coupant. Je peux voir tes désirs, tu te souviens ?

Je lui souris et vis du soulagement dans ses yeux brillants.

Il m'embrassa, doucement.

— Tu es très en beauté.

— Vraiment ? Merci.

Je portais un jean et un chemisier en satin. Nox avait l'air beaucoup plus élégant, comme d'habitude, dans un pantalon coûteux et une chemise bleu pâle.

— Café ?

Je me glissai sur ce qui était devenu mon tabouret – du moins dans ma tête – et le regardai aller et venir dans la belle cuisine.

— Tu sais, je pourrais m'habituer à cette vue, lui dis-je.

— C'est le but.

Une excitation nerveuse flotta dans mon ventre.

— Tu veux toujours aller au musée ce matin ?

Mon excitation nerveuse frémit de plus belle. C'était mon tour de prendre les rênes et d'apporter quelque chose au plan.

— Tu parles !

— Alors, pourquoi ce génie qu'on va voir ne t'aime pas ?

La malice tourbillonna dans les yeux de Nox quand il me regarda à l'arrière de la voiture de Claude.

— Elle s'appelle Techa. Et je lui ai volé sa statue.

— Sa statue ?

— Oui. Un buste d'Aphrodite. Très précieux et très puissant.

Rory était assise à la gauche de Nox, à regarder droit par la fenêtre. J'eus la nette impression qu'elle faisait semblant d'être ailleurs.

— Pourquoi l'as-tu volée ?

Nox me sourit.

— Elle a le pouvoir d'inspirer un comportement très, voire trop affectueux chez les humains.

Je haussai les sourcils.

— Continue.

— Je l'ai emmenée en tournée. Pendant la majeure partie des années 1960.

Je secouai ma tête.

— Les années 60. Alors Malc n'exagérait pas quand il a dit que tu t'étais mal comporté pendant des décennies.

Nox m'adressa un sourire malicieux.

— Un jeu innocent...

Faire l'amour avec Nox, c'était bien plus qu'un jeu innocent. C'était un plaisir fantastique à changer une vie. Un plaisir dévastateur et addictif. Époustouflant...

— Nous y voilà, annonça Rory, interrompant mes pensées qui répétaient en boucle des adjectifs sexuels.

Je regardai par la fenêtre et vis grossir la belle façade du musée d'histoire naturelle à mesure que nous approchions. Construit en briques orange et grises alternées, le bâtiment ressemblait plutôt à une cathédrale, au premier abord. La forme ressemblait nettement à celle d'une église depuis l'entrée, avec ses deux hautes flèches carrées. J'étais déjà passée devant le musée et j'avais remarqué les jolies couleurs des briques, mais je n'étais jamais entrée à l'intérieur.

Je me tournai vers Nox et fus alarmée de le trouver si tendu.

— Est-ce que ça va ?

— Je ne peux pas aller plus loin. Pas facilement. Est-ce que ça te va de marcher jusque là-bas ?

— Oui bien sûr.

Claude gara la voiture sur le bas-côté et j'ouvris la portière.

— S'il te plaît, sois prudente. Appelle-moi immédiatement si tu as besoin d'aide.

L'espièglerie avait complètement disparu du visage de Nox.

— Promis. Où vas-tu ?

— Pas loin.

Je hochai la tête.

— À bientôt.

Rory et moi montâmes ensemble les grandes marches, et je me demandai comment nous allions trouver la femme que nous recherchions.

— Rory, tu sais quelque chose à propos de ce génie ?

— Pas grand-chose. Mais je sais comment accéder à la partie magique du musée. On va commencer par là.

Je levai les yeux vers la belle arche au-dessus de nous lorsque nous arrivâmes à l'entrée principale, secouant la tête.

— Je n'arrive pas à croire que je n'ai jamais su de toute ma vie que la magie existait. Le musée a des *parties magiques* ?

Nous avions atteint la billetterie juste à l'entrée, et Rory me regardait avec l'air d'attendre quelque chose. Je m'avançai et demandai deux billets, déposant cinq livres dans la boîte de dons, avant de pénétrer dans le hall principal.

Je regardai autour de moi, le souffle coupé. Une énorme salle avec de beaux plafonds voûtés abritait une mezzanine encadrée d'arches et de colonnes incroyable- ment grandes, et tout cela était construit avec les mêmes briques orange et grises que la façade. En plein milieu de cet espace somptueux se dressait le squelette gargantuesque d'un dinosaure. Je le regardai en passant sous son long cou.

— C'est de la magie ? murmurai-je à moitié.

L'idée que ces os de dinosaure auraient pu prendre vie était à la fois excitante et terrifiante.

— Non.

Rory regarda à peine le gigantesque squelette pendant qu'elle marchait. Je fus déçue que nous ne montions pas le majestueux escalier central à l'autre bout, mais que nous tournions plutôt dans un couloir rempli de répliques empaillées de créatures disparues. Un gros ours qui semblait avoir vécu dans l'Arctique se dressait sur ses pattes arrière derrière la vitre, et un petit renard blanc aux yeux perçants était assis à ses pieds.

— Et ça ?

Rory soupira.

— Il n'y a rien de magique ici.

— Dans le musée ?

— Dans l'exposition ouverte au public, dit-elle en agitant vaguement la main.

— Oh.

Nous arrivâmes au bout du couloir des animaux, et elle franchit quelques portes. La petite fille en moi eut envie de battre des mains lorsque j'entrai dans la pièce. C'était *plein* de dinosaures. Une passerelle s'élevait au-dessus de nous, pour permettre aux visiteurs de voir plus facilement la partie haute des immenses répliques des anciennes créatures, mais nous restâmes au sol, à nous faufiler entre des vitrines d'ossements et de fossiles. Cela me démangeait de m'arrêter pour lire les panneaux d'information, mais Rory gardait un rythme soutenu, et je n'osais pas la ralentir. Elle était en mission, visiblement.

Bientôt, nous entrâmes dans une pièce plus sombre que les autres, éclairée par d'étranges projecteurs bleus et orange qui jetaient des ombres dans toutes les directions. Un Tyrannosaurus rex grandeur nature dominait la salle, dans un décor conçu pour ressembler à son habitat naturel. Je ne pus m'empêcher de sourire quand il bougea, faisant crier de surprise une jeune femme devant nous. Un rugissement jaillit de haut-parleurs qui devaient être cachés dans les murs, et la fille rit en agrippant le bras de son partenaire.

Un musée, c'était un endroit idéal pour un rendez-vous, pensai-je avec nostalgie. Dommage que Nox n'ait pas pu venir ici. Mais mon sourire disparut quand je me rappelai qu'il m'avait prévenue de faire attention, avec le visage grave. *Concentre-toi, Beth. C'est du sérieux.*

Le dinosaure animatronique tourna la tête vers nous, et Rory s'arrêta devant lui, faisant un bruit entre ses dents. On entendit d'autres rugissements résonner dans la pièce.

Avec un autre geste de la tête, elle enjamba la barrière de sécurité, ce qui n'était pas un petit exploit, car elle portait une jupe crayon qui lui descendait jusqu'aux mollets, mais elle donna l'impression de l'avoir fait sans effort.

Même si je savais parfaitement que la créature était

un robot, mon instinct me tordit l'estomac lorsqu'elle s'en approcha. Ce truc n'allait *pas* lui arracher la tête, mais un élan d'instinct protecteur m'envahit, et je me précipitai par-dessus la barrière pour la rattraper.

La tête du dinosaure se baissa, et ses grosses fausses dents me firent reculer, malgré l'absence de menace réelle.

— Je suis sûre que c'est ici, déclara Rory d'où elle se tenait, directement sous le ventre du dinosaure.

Elle tapa du pied sur le sol, et un bleu chatoyant ondoya à ce contact. Le rugissement du dinosaure sembla faible et lointain pendant une seconde, puis un escalier apparut dans le mur, derrière la queue de la créature. Il était aussi grandiose que tous les autres dans ce musée, en vieilles pierres polies et briques de belle facture, et il s'intégrait si parfaitement dans le bâtiment que je n'arrivais pas à croire qu'il n'était là que depuis une seconde.

Rory se tourna et se dirigea vers là. Je fermai la bouche et la suivis.

Le couloir en haut des escaliers semblait faire partie d'une galerie. Des alcôves dans les murs, aux mêmes belles et grandes formes d'arche que dans le hall principal, abritaient un vaste éventail d'objets, et j'étais contente que Rory n'aille pas aussi vite qu'entre les dinosaures. Cela signifiait que j'avais assez de temps pour tout regarder sur notre passage. Il y avait des fossiles de bêtes que je n'aurais même pas pu imaginer, s'il n'y avait eu les croquis affichés à côté d'eux. Il y avait des créatures qui ressemblaient vaguement à des trolls, des lions à trois têtes, d'énormes centaures, de minuscules lézards – des créatures de toutes sortes.

— Est-ce que tout cela a disparu du monde magique maintenant ? demandai-je à Rory.

Elle aussi regardait les alcôves pendant que nous marchions.

— Malheureusement, oui.

Je contemplai un os plus grand que moi, le croquis à côté représentant ce qui aurait pu être un dragon – mais sa bouche dotée de crocs représentait quatre-vingt-dix pour cent de sa tête. C'était dommage qu'il soit éteint, mais je n'aurais certainement pas voulu en croiser un. Un peu comme un T-rex, je suppose.

Il n'y avait ni touristes ni visiteurs dans le couloir, et c'était étrangement calme par rapport à la partie du musée d'où nous arrivions.

— Où trouve-t-on le génie ? demandai-je.

— Je ne sais pas.

Nous continuâmes de marcher jusqu'au bout du couloir. D'autres corridors menaient à gauche et à droite, mais je ne pus détacher mes yeux de la peinture sur le mur assez longtemps pour regarder l'un ou l'autre.

Elle était si grande que, si elle avait été posée à plat sur le sol, elle aurait probablement recouvert tout le salon dans mon appartement.

Elle montrait un monde au-delà de la limite de mon imagination. À droite du panneau se trouvait une falaise, avec une armée de créatures massées dessus. Tout ce que j'avais jamais vu dans un film, dans ces couloirs, et plus encore, était représenté. Au-dessus de toutes les créatures terrestres, une myriade de bêtes volantes, y compris le propriétaire de l'os que je venais de voir, emplissait un ciel bleu éclatant. Des aigles gros comme des avions, montés par des personnages armés, survolaient les falaises.

Sur la gauche du panneau se trouvait l'océan, également rempli de bêtes à l'air aussi préhistorique et méchant que tout ce qu'on trouvait dans le musée. Mais le bleu de l'océan se fondait dans un monde orange et ardent, en dessous. Des démons, nus et cornus, entraînaient par le fond poissons et requins, et toutes les créatures dotées de membres essayaient de se frayer un chemin jusqu'à la falaise.

Au-dessus de l'océan, et des démons qui s'échappaient, se trouvaient trois personnages, planant dans le ciel. Deux avaient des ailes blanches et des auréoles. Mais celui du milieu, sombre et redoutable, avait des ailes dorées brûlantes.

Nox.

Seulement... Ce n'était pas Nox ici. C'était Lucifer. Punisseur des pécheurs. Seigneur du mal.

Je sentis les poils se hérisser sur ma peau alors que je m'approchais, mes doigts se tendant de leur propre gré pour toucher l'image de l'homme dont je tombais amoureuse.

Mais ce n'était pas un homme. C'était un ange. Une divinité à part entière. La peinture était un rappel brutal de qui il était, éclatante de simplicité. Cela ne le montrait pas comme étant mauvais. Pas comme les peintures du diable que j'avais vues en grandissant. Cela le montrait comme il était vraiment. Faisant partie d'un trio d'êtres puissants, nécessaires pour maintenir l'équilibre du monde.

Il avait négligé ses devoirs pendant un clin d'œil seulement, selon ses termes. Mais tout avait commencé à s'effondrer autour de lui. Les paroles de ses frères me revinrent, leurs supplications pour qu'il reprenne son rôle. Avec une clarté écrasante et absolue, je sus que Nox ne serait jamais libre du rôle pour lequel il était né. C'était son destin. Sa raison de vivre.

— Tu es prête ?

La voix de Rory était douce, mais me surprit tout de même.

— Il n'est pas méchant, dis-je en me tournant vers elle, un peu hébétée.

— Il n'est pas bon non plus. Beth, absence de cruauté et passion en abondance ne font pas de lui quelqu'un de bien.

— Cela dépend ce que tu entends par là.

Son regard plongea dans le mien.

— Oui. Tu as peut-être raison.

— J'ai raison. Je sais que j'ai raison.

Il fallait que j'aie raison. Parce que je ne pouvais pas aimer un homme qui n'avait rien de bon dans son cœur. Ce n'était pas moi.

Je poussai un soupir alors que Rory avançait dans le couloir de gauche, puis je contemplai le tableau une dernière fois. Même sous forme peinte, les ailes dorées de Nox me coupaient le souffle.

C'était le diable. Un ange tout-puissant et redoutable. Et en quelque sorte, plus important pour moi que ça n'aurait jamais dû être possible.

BETH

Le couloir dans lequel nous marchions n'arborait pas d'alcôves, mais plus de peintures. Certaines représentaient des créatures, mais la plupart étaient des paysages. J'en reconnus beaucoup de typiquement européens ou asiatiques, mais aucun lieu spécifique. Nous franchîmes quelques portes fermées, mais nous nous arrêtâmes devant aucune.

Bientôt, les images sur les murs devinrent des représentations de pierres précieuses, et je vis qu'au bout du couloir se dressait une double porte décorée conduisant à une autre salle.

— La salle des pierres précieuses, marmonna Rory alors que nous la franchissions.

C'était comme entrer dans la bijouterie la plus chère du monde. Des vitrines se succédaient tout au long de la salle voûtée, et je les regardai fixement, bouche bée. Chaque présentoir contenait un type de pierre différent, et si elles ressemblaient toutes à celles qu'on trouvait dans le monde humain, il y avait quelque chose de subtilement différent à propos de chacune.

— Tu sens le diable.

La voix féminine cassante résonna dans la pièce, et Rory et moi nous figeâmes toutes les deux. Un froid inquiétant m'envahit, et le silence devint oppressant.

— Bonjour ! dis-je à l'ensemble de la salle, injectant une gaieté polie dans ma voix. Je sens peut-être un peu comme lui, oui. On est, euh, amis.

— Alors tu n'es pas la bienvenue.

Le léger frisson se changea en glace. Mes pieds commencèrent à me picoter désagréablement.

— J'avais juste une question pour vous, vu qu'on est là. On essaye de trouver le Livre des Péchés, et on a des raisons de croire que quelqu'un a peut-être essayé de vous le vendre récemment.

Je fléchis les doigts, essayant d'en chasser le froid.

— Le Livre des Péchés ?

La voix passa de la distance à l'intérêt. Avec un miroitement, semblable à celui qui précédaient les apparitions d'Adstutus, une femme se matérialisa devant nous. Elle était magnifique. Vraiment, ridiculement belle. *Tomb Raider* version bibliothécaire, ce fut ma première pensée, quand je vis sa longue et épaisse tresse, ses lunettes à monture noire et sa bouche pleine. Elle portait un tailleur-pantalon et avait des yeux d'un violet perçant.

— Pourquoi veux-tu le Livre des Péchés ? As-tu l'intention de le rendre à son propriétaire légitime ?

— Euh...

Je soufflai sur mes mains en cherchant quoi lui dire et

me dandinai d'un pied sur l'autre pour ne pas perdre toute sensation dans les orteils.

— Oui, dis-je, choisissant d'être honnête.

Le beau génie haussa un sourcil parfait.

— Pars, s'il te plait.

La température chuta de nouveau, et mon souffle s'arrêta sous le choc glacial.

— Est-ce que ça vous ferait changer d'avis si je vous disais qu'il veut reprendre sa place ?

Les yeux violets m'épinglèrent là où je me trouvais, et j'arrêtai de me frotter les mains.

— Sa place légitime ? Dis-m'en plus.

— En tant que punisseur. Il veut récupérer les sept péchés, afin de pouvoir retrouver son plein pouvoir et reprendre son rôle en enfer.

J'espérais que le génie était du même avis que les frères de Nox et croyait que le mieux pour lui était de punir les pécheurs en enfer, où était sa place.

Les yeux du génie se rétrécirent alors qu'elle penchait la tête vers moi.

— Tu n'es pas une pécheresse. Ni un ange.

Je secouai la tête.

— Non. Je suis mortelle. Et je pense être moralement vertueuse. Plus ou moins. Enfin, je ne suis pas une grosse conne.

Je me forçai à refermer mes lèvres bavardes et à retenir mon babillage, tandis que le génie levait un doigt vers sa bouche, pour faire courir pensivement son ongle manucuré le long de sa lèvre.

— Je vais te faire passer une épreuve. Si tu réussis, je te dirai ce que je sais sur le livre.

— Vous savez où il est ?

Elle hocha lentement la tête, faisant bouger sa tresse.

— Oui. Il a récemment croisé mon chemin.

Je fus parcourue par une vague d'excitation, qui chassa un peu le froid.

— Quel genre d'épreuve ?

— Une épreuve de caractère. Si je te juge digne, je te donnerai ce dont tu as besoin.

— Cela semble juste.

Le génie désigna l'armoire la plus proche, dont la vitre était recouverte d'un givre glacial.

— Choisis-en une.

— Hein ?

— Tu es sourde ? Ou stupide ?

Je me hérissai et la dévisageai.

— Non. Je ne... comprends pas, terminai-je maladroitement.

Avec un soupir, je fis un pas vers le cabinet. La pellicule de glace disparut pour que je puisse voir clairement.

Il y avait trois joyaux à l'intérieur. L'un était rouge et orange, avec des bords saillants et des petites taches noires. Celui du milieu était d'un violet clair, et j'étais presque sûre de pouvoir voir des vagues à l'intérieur. Le dernier était de la forme d'un œuf et d'un noir profond, tacheté d'or scintillant. Cela me rappela aussitôt Nox.

Cela faisait-il partie du test ? Devais-je choisir celui qui ressemblait le moins à Nox ? Ou devais-je choisir celui qui m'attirait vraiment ?

— Celui-là.

J'indiquai l'œuf noir et or.

Le beau génie me lança un regard soupçonneux et plein de compréhension, et l'armoire s'ouvrit avec un déclic. Elle fit un petit geste de la main, et l'œuf flotta hors de la vitrine vers moi.

J'ouvris ma main, encore tremblante de froid, et le laissai flotter dans ma paume.

L'électricité me déchira le corps. Je poussai un cri mais, au lieu de laisser tomber l'œuf, mes doigts s'enroulèrent autour pour le serrer plus fort. La douleur cessa brusquement.

— Qu'est-ce qui se passe ?

La pierre bougea, et il commença à faire chaud.

— Pourquoi ça bouge ?

Je levai les yeux vers le génie. Son expression avait changé, devenant celle d'un véritable intérêt.

— Tu ne pourras plus les cacher, dit-elle d'une voix songeuse, les yeux dardant par-dessus mes épaules – et je compris vaguement qu'elle parlait de mes ailes. Cette pierre était le bon choix pour toi. N'importe quelle autre, et tu serais restée impuissante.

— Quoi ? De quoi parlez-vous ?

L'œuf s'agita encore, et je crus entendre un bruit.

— Cette pierre vient de l'enfer. Les trois contiennent un de mes compagnons qui pourra te surveiller au cours des prochains jours et déterminer ta valeur.

J'ouvris la bouche, mais elle poursuivit :

— Cette pierre a eu l'effet secondaire d'amplifier le

pouvoir qui est déjà en toi. Cela s'arrêtera lorsque tu me rendras la pierre.

La chaleur provenant de l'œuf heurtait mes doigts engourdis et ma peau gelée, et l'adrénaline montait en moi, nourrie par mon anxiété.

— Tu as de la magie du diable en toi. Je ne sais pas comment c'est arrivé, ou ce qui se passera si Lucifer décide vraiment de reprendre tout son pouvoir, mais, pour l'instant, c'est là, à brûler à l'intérieur de ton corps.

Je la fixai, clignant des yeux sans comprendre.

— Je ne peux rien faire avec ce pouvoir, ou ces ailes. C'est juste... là.

— Tu es beaucoup plus intéressante que je ne le pensais au départ. Voilà Béhémoth. Il me rendra compte de ton intégrité lorsque le moment sera venu. Adieu.

Avec un autre chatoiement, le génie disparut, et je me retrouvai à regarder une chèvre.

Une chèvre naine miniature. Debout au milieu de la salle des gemmes. Elle était noir de jais et, tout comme la pierre en forme d'œuf, elle avait sur toute sa fourrure des petites taches dorées qui accrochaient les lumières vives de la pièce. D'énormes cornes dorées lui sortaient de la tête, et ses yeux noirs n'avaient pas la même stupidité vide que la plupart des chèvres que j'avais vues.

— B... Béhémoth ? chuchotai-je.

— Ouais.

La voix était dans ma tête et me flanqua la frousse. Rory dut l'entendre aussi, car elle poussa un petit sifflement. Je pris une profonde inspiration.

— Tu es une chèvre.

— Un bouc des enfers, me corrigea-t-il.

— Qu'est-ce qu'un bouc des enfers ?

— Comme une chèvre normale, mais avec quelques améliorations.

Il trotta en cercle, comme pour exhiber ses améliorations, et s'arrêta devant moi.

— Alors, je suis ton nouveau compagnon, hein ?

— Euh..., soufflai-je avant de m'interrompre. Tu étais à l'intérieur de cette pierre ?

— Oui. C'est ma maison. Mais on me confie souvent des missions importantes en dehors de la pierre.

Je vis un éclair doré dans ses yeux quand il prononça ces mots, et il y avait une pointe d'excitation dans sa voix.

— Alors, euh, tu vas juger mon intégrité ?

J'avais l'impression d'avoir besoin de m'asseoir. Le froid glacial suintait de la pièce cependant, et la pierre en forme d'œuf avait cessé d'émettre de la chaleur.

— Tu sembles un peu lente, dit-il d'un air inquiet. Oui. Je serai ton compagnon à titre temporaire, pour déterminer si tu as une âme droite et si tu mérites le temps et l'assistance de ma maîtresse. Je pensais qu'elle avait été assez claire.

Je regardai la chèvre.

— Je suis désolée, c'est juste que... je n'avais jamais rencontré de bouc des enfers.

— Eh bien, je suis tout à fait magnifique. Je comprends que tu puisses être intimidée en ma présence.

— Tu sembles assez... *petit* pour un bouc des enfers nommé Béhémoth. Et plutôt mignon, déclara Rory en se portant à ma hauteur.

Ses lèvres avaient une teinte bleutée et, comme moi, elle avait la chair de poule sur ses bras nus.

Elle avait raison, Béhémoth était assez mignon. Il frappa le sol de ses petits sabots, et l'or brilla de nouveau dans ses yeux.

— Je vous assure que je ne suis pas mignon. Je suis un monstre infernal et terrifiant.

— C'est ça.

— Priez de ne jamais me voir quand je suis en colère.

Je ne pus empêcher ma bouche de se recourber aux coins en un sourire quand la petite chèvre duveteuse leva le menton, sa voix hautaine résonnant dans mon crâne.

— Je ne veux pas te voir en colère, lui assurai-je.

— Bien. Maintenant, on peut y aller ? Je suis dans ce musée depuis des mois et j'ai faim.

Au moment où nous retournâmes à l'exposition sur les dinosaures, j'avais enfin cessé de frissonner. Béhémoth trottait à mes côtés, chuchotant et marmonnant devant les répliques de bêtes préhistoriques. Des bribes de ce qu'il disait me flottaient dans la tête, principalement sur les humains qui ne connaissaient pas la moitié de ce à quoi ressemblait un vrai monstre.

— Le patron ne va pas aimer ça, déclara Rory en regardant la chèvre. C'est essentiellement un espion pour l'un de ses ennemis les plus puissants à Londres.

— Je ne pense pas que nous ayons tellement le choix. Et en plus, je suis une bonne personne. Alors Béhémoth va le découvrir et le dire à Techa, puis elle nous dira où se trouve le livre. Je dirais que c'était un succès retentissant.

Même si j'avais maintenant un compagnon cornu venu des enfers. Et le sentiment très étrange que beaucoup d'humains autour de moi étaient des connards.

J'avais besoin de parler à Nox de son pouvoir dès que je le verrais, pensai-je, quand un sentiment de picotement et de malaise m'envahit lorsque nous passâmes près d'un homme lorgnant sur un joli guide de musée. Est-ce que je sentais le péché de Luxure chez cet homme ?

Ma sensation de picotement fut brusquement emportée par une vague qui déferla sur moi, arrêtant mes pas. Une colère, chaude et féroce et juste, envahit inexplicablement ma poitrine, me faisant serrer les poings et la mâchoire.

— Beth. Comme c'est bon de te voir, appela une voix aiguë mais soyeuse.

Mon regard tomba sur Madaleine alors qu'elle traversait le hall du musée dans notre direction. D'une manière ou d'une autre, elle réussit à donner l'impression que l'énorme squelette à côté d'elle était plus petit en sa présence. Elle avait l'air impeccable, comme d'habitude, et était vêtue de blanc. Cornu sautillait derrière elle, arborant son sourire obscène en permanence.

Je me forçai à me détendre, à ne pas laisser son pouvoir me submerger. Je sentis la chaleur dans ma poitrine que je savais être le pouvoir de Nox qui se réveillait, et une chaleur apaisante m'inonda le corps. Était-ce cela que Nox ressentait tout le temps ? Une capacité à se protéger des autres avec son étrange couverture chauffante ?

Je pris l'air indifférent, tandis que l'ange de la Colère s'arrêtait devant moi, n'ayant pas envie de lui faire savoir qu'il m'arrivait quelque chose d'inhabituel. Elle regarda aussitôt Béhémoth, puis mes ailes. Ses yeux se rétrécirent.

— Toi et Nox, vous devenez proches, s'il te donne des animaux de compagnie sortis des enfers.

Elle caressa le bras de Cornu.

— Je suis fan, moi aussi, bien sûr.

— C'est juste temporaire, dis-je maladroitement.

Elle haussa un sourcil.

— Nox ou la chèvre ?

— La chèvre.

— Eh bien, n'oublie pas, ma chérie, que *tu* n'es que temporaire pour le Seigneur de l'enfer. Ton espérance de vie passera en un clin d'œil à ses yeux.

La colère montait en moi. Je savais que c'était vrai, mais je ne voulais pas y penser.

— D'accord. Merci pour ce rappel. On y va maintenant. Je ne veux pas t'empêcher de...

Je cessai de parler, adoptant le même regard suspicieux que Madaleine quand elle avait vu Béhémoth.

— Que *fais-tu* ici ?

— Juste un peu de tourisme, dit-elle en haussant les épaules.

— Foutaises...

Je croisai les bras sur ma poitrine, et son sourire passa du sarcasme à quelque chose de plus sincère.

— Tu sais, il déteint sur toi, dit-elle en regardant de

nouveau ostensiblement mes ailes. Et littéralement, semble-t-il.

— Qu'est-ce que tu veux, Madaleine ?

— Je veux plus que ton cerveau mortel ne puisse même comprendre, dit-elle avec un petit soupir.

Je fus presque sûre que son regard se posa sur Cornu pendant une fraction de seconde.

— Mais maintenant, je veux que tu saches que je ne suis pas ton ennemie. Je respecte Lucifer. Je ne *te* respecte pas encore, mais j'ai l'impression que je pourrais. Peut-être.

Je ne dis rien, mais la chaleur à l'intérieur de moi se mit à bouillir. Le plus étrange, c'était que je voulais l'aimer. Aussi agaçante soit-elle à mes yeux, je l'admirais. Sa présence, sa puissance, son aura indomptable, tout cela m'impressionnait sans que je puisse l'empêcher.

— Si tu veux améliorer tes compétences au poker, fais-le moi savoir, poursuivit-elle. Et je pensais ce que j'ai dit à propos de l'espérance de vie des mortels. Si c'est du sérieux entre vous, tu vas devoir arranger ça.

La colère enfla à nouveau, comme réveillée par le simple fait d'évoquer la possibilité que Nox et moi ne soyons pas ensemble.

— Que sais-tu des relations à long terme ? dis-je en gardant les bras croisés et en faisant un signe de tête à Cornu. Tu emploies des esclaves pour te tenir compagnie.

Cette fois, je vis bien passer quelque chose dans ses yeux et dans la crispation de son beau visage. Était-ce de l'agacement, ou quelque chose à voir avec Cornu ? Dans les deux cas, je touchais une corde sensible.

— Oui. C'est vrai, dit-elle, son ton froid contredisant l'éclair d'émotion. Pour une bonne raison. Aimerais-tu savoir ce qui se passe lorsqu'un amant mortel ne parvient pas à satisfaire un ange déchu détenant le pouvoir de la Colère ?

Je déglutis. Non. Je ne voulais pas savoir. Madaleine inclina légèrement la tête, d'une manière qui disait : « c'est bien ce qu'il me semblait ».

— Eh bien, s'il te vient l'envie d'être plus amicale, Lucifer a mon numéro.

D'un geste de la main, elle passa devant nous avant que je ne trouve quoi que ce soit à répondre.

— Je ne lui fais pas confiance, dit doucement Rory.

— Je l'ai assez bien aimée, dit la voix de Béhémoth dans ma tête. Puis-je avoir un hamburger ?

— Un burger ?

— J'adore les hamburgers.

J'avais besoin que la petite chèvre m'aime et, si le moyen le plus simple d'y parvenir était de lui donner des hamburgers, alors c'est ce que je ferais.

— Oui bien sûr, tu peux. On ira à Solum, et tu auras tout ce que tu voudras, dis-je en reprenant le chemin vers la sortie.

— Super. Je ne suis pas allé à Solum depuis un moment. Est-ce qu'Adstutus est toujours là ?

Je haussai les sourcils.

— Tu le connais ?

Je n'entendis pas la réponse de la chèvre, car quelque

chose attira mon attention. L'éclair d'un pardessus beige. Je m'interrompis, essayant de me concentrer, mais il y avait beaucoup de monde dans l'immense salle, et des colonnes et des expositions partout me bloquaient la vue.

Madaleine disparut dans l'exposition sur les dinosaures, suivie de près par quelqu'un en pardessus beige, la capuche relevée.

— Qu'est-ce qui ne va pas ?

La voix de Rory me sortit de ma contemplation.

— Je... j'ai cru voir quelque chose.

— Quoi ?

— Quelqu'un en pardessus beige, qui suivait Madaleine.

Rory me décochait son regard caractéristique qui disait : « tu es con, ou quoi ? ».

— Ah. Tu sais, il y a littéralement des centaines de touristes ici, qui vont tous à l'exposition sur les dinosaures. Beaucoup portent des manteaux.

— Ouais, mais je pensais avoir vu quelqu'un qui portait le même, hier.

Rory secoua la tête.

— Tu veux y retourner ? Je ne suis pas sûre que Techa sera contente. Et Nox attend.

— Non. Je suis sûre que ce n'est rien. Partons.

Nous reprîmes notre route vers la sortie et, lorsque nous arrivâmes à la porte massive, je fus soulagée d'être dehors. Mon téléphone portable sonna dès que je commençai à descendre les marches. L'écran me dit que c'était Nox.

— Tu te promènes avec une créature infernale.

Sa voix était de granit.

— Ouais. Béhémoth. Apparemment, c'est un bouc des enfers. Un bouc miniature.

— Putain de chèvres, soupira Nox d'un ton plus détendu. Pourquoi aurais-tu un bouc des enfers avec toi ?

— C'est probablement plus facile de te l'expliquer en personne. Et je viens de lui promettre un hamburger. Où es-tu ?

— Je passe te chercher.

SIX

BETH

—A lors ? Adstutus est toujours à Solum ? me demanda Béhémoth.

Je lui jetai un coup d'œil alors que nous descendions les marches, pour retourner à la partie du trottoir où Nox nous avait déposées.

— Ouais. Il m'a fait la potion qui cachait mes ailes.

— Et pourquoi, exactement, les cachais-tu ? Tu devrais en être fière. Elles montrent ton appartenance à l'enfer. Elles ne sont évidemment pas aussi magnifiques que moi, mais quand même. Tu ne devrais pas les cacher.

— Nox pensait que ce serait mieux que les autres ne sachent pas.

Je ne savais pas à quel point il était sage d'être honnête avec le bouc miniature mais, s'il devait m'observer, il ne semblait pas utile de lui mentir.

De plus, si le génie avait dit la vérité, je ne pourrais pas cacher mes ailes maintenant, de toute façon, et il était évident que c'étaient des versions plus petites de celles de

Nox. Une vague d'excitation me parcourut le corps à cette pensée.

Même avant d'obtenir l'œuf noir et or, j'avais senti le pouvoir de Nox en moi, de plus en plus fort à chaque fois que j'avais été mise à l'épreuve. Il y avait eu des moments avec Banks, au quartier général, où j'avais vraiment cru que cela me donnait une confiance tangible – ou peut-être de la colère – qui m'avait aidée.

Pour être totalement honnête avec moi-même, je commençais même à espérer que je *pourrais* accéder au pouvoir ou, mieux encore, l'utiliser.

— Je n'ai jamais rencontré Lucifer. Nox, comme tu l'appelles.

Béhémoth sautilla un peu pendant qu'il caracolait à mes côtés, ce qui le rendit encore plus mignon.

— Je suis sûr qu'il va te plaire.

Je n'étais pas si sûre que le sentiment serait réciproque, cependant.

Nous n'eûmes pas à attendre au bord de la route, car la voiture de ville était déjà là. Nox était appuyé dessus, l'expression tendue. Je ne savais pas si c'était dû à la proximité de l'immeuble ou à mon nouveau compagnon.

— Si vous n'avez plus besoin de moi, je retourne au bureau, déclara Rory.

Nox lui adressa un signe de tête, et elle fit mine de se retourner, mais je lui attrapai le bras.

— Merci, dis-je.

Elle haussa ses épaules élégantes.

— Je n'ai rien fait.

— Quand même. Merci.

Elle me regarda dans les yeux pendant un moment qui me parut prometteur, et je décidai de saisir l'occasion.

— Aussi, avant que j'oublie... Tu pourrais me rendre un service ?

Elle haussa un sourcil parfait.

— Tu penses que tu pourrais faire lever le Voile pour Francis ?

À ma grande surprise, elle eut un petit rire, puis sembla se ressaisir, redevenant sérieuse.

— Cette femme serait hystérique si elle pouvait voir de la magie.

— Je sais. Ça pourrait être assez amusant. Et elle a hâte de te voir.

Pour la première fois, je vis quelque chose s'adoucir dans les yeux de la pixie.

— Je vais voir ce que je peux faire, dit-elle, tournoyant sur ses talons et s'éloignant.

Nox ne dit rien lorsque nous montâmes dans la voiture, moi soulevant Béhémoth quand il ne réussit pas à sauter assez haut pour atteindre le siège.

Lorsque le véhicule démarra, il fixa du regard la petite chèvre noir et or.

— Tu vois, dit Béhémoth en se tournant vers moi, avant de regarder Nox. C'est à ça que ressemble l'enfer sur un ange. Vraiment magnifique.

Nox haussa un sourcil, alors je supposai qu'il pouvait entendre aussi la voix.

— Nox a l'air humain en ce moment, dis-je. Il n'a pas ses ailes, ou quoi que ce soit d'infernal en apparence.

— Pas à mes yeux.

— Oh.

— Beth, s'il te plaît, tu peux me raconter ce qui se passe ? demanda Nox dont le regard dur brilla en trouvant le mien.

Je repris mon souffle.

— Techa dit qu'elle sait où se trouve le livre et qu'elle me le dira si elle m'en juge digne. Et elle va tester ma valeur en demandant à Béhémoth de me surveiller pendant un moment et de lui faire un rapport.

Des ombres tourbillonnèrent dans les yeux brillants de Nox.

— Et il y a plus , dis-je.

— Je vois ça.

Ses yeux dardèrent par-dessus mes épaules, et je supposai qu'il pouvait aussi voir mes ailes.

— Elle m'a donné cette pierre, qui est apparemment la maison de Béhémoth, et elle a dit que ça déverrouillait mes pouvoirs parce que ça vient de l'enfer ?

Je sortis la pierre de ma poche.

Nox la contempla, mais ne fit pas mine de la prendre.

— Elle t'a donné ça ?

— En quelque sorte. J'ai dû choisir entre trois.

Ses yeux se posèrent sur les miens.

— Et tu as choisi celle-là ? Pourquoi ?

— Ça... Ça m'a fait penser à toi.

De la chaleur jaillit de lui, s'enroulant autour de moi, et un éclat de lumière bleue chassa les ombres de ses iris. Son regard soutint le mien un instant à la fois trop long et trop court. Puis il parla.

— Allons boire un café, et je te dirai ce que je peux.

~

Nox resta silencieux pendant tout le trajet jusqu'à Solum. Il ne dit rien quand nous passâmes par la librairie et trouvâmes le livre spécial qui révélait le marché secret sous Covent Garden. Et il ne dit rien alors que nous nous marchions entre les étals bondés et les dizaines de créatures magiques grouillant autour de nous, presque toutes jetant des regards furtifs à lui, mais aussi à la petite chèvre noir et or à mes pieds. Peut-être qu'ils me regardaient aussi, pensai-je, consciente de mes ailes comme je ne l'avais jamais été auparavant.

Contrairement à Nox, Béhémoth avait beaucoup à dire. En fait, il n'arrêta pas vraiment de parler.

Ses questions ne cessaient de fuser, à propos de moi en général, et à propos de l'état actuel du monde. Après que je lui eus dit où j'habitais, que j'étais en fait humaine et que je n'avais découvert la magie que très récemment et que je ne pouvais donc rien dire sur la politique magique, il commença à me parler de lui.

Apparemment, il venait d'une grande famille, mais était l'un des trois seuls boucs infernaux miniatures – ses soixante-trois frères et sœurs étaient de taille normale. Plutôt que d'être complexé par sa petite carrure, il semblait assez fier.

— Le problème avec le fait d'être rare, dit-il en trottant, c'est qu'on a quelque chose que les autres n'ont pas.

— Mais si ce n'est pas une bonne chose ? demandai-je avec hésitation, ne voulant pas offenser la créature alors que nous avions besoin d'elle.

Il leva les yeux vers moi, ses cornes dorées étincelantes et ses yeux onyx étrangement expressifs.

— Que veux-tu dire ?

— Eh bien, si ta différence est une mauvaise chose ?

Il renifla, un vrai bruit d'animal de ferme.

— Ça n'existe pas. Si on l'a et que d'autres non, on s'en délecte.

— Tu as vraiment beaucoup de confiance dans ce petit corps poilu.

— Ce n'est pas de la confiance, me dit-il. C'est de la certitude en mes propres capacités. Je suis puissant. Et beau aussi.

Je lui souris. Je trouvais impossible de ne pas l'aimer.

— Il y a du vrai dans ce qu'il dit, dit calmement Nox de mon autre côté.

J'avais supposé qu'il avait cessé d'écouter le bavardage incessant de la chèvre depuis longtemps.

— Tu penses qu'il est beau aussi ? souris-je à Nox.

Il me jeta un coup d'œil.

— Il y a un endroit où la confiance se transforme en certitude. Tu trouveras cet endroit. Je m'en assurerai.

— Hmmm. Alors aurai-je un ego de la taille de celui de Béhémoth ?

— Je pense que vous seriez surprise de voir à quel point un ego vous irait bien, Miss Abbott.

Le café était bondé à notre arrivée, mais cela n'empêcha pas le serveur de trouver une table au milieu de la pièce pour nous installer. Béhémoth insista pour s'asseoir sur sa propre chaise rembourrée de l'autre côté de Nox. À sa décharge, le serveur ne cligna pas même des yeux aux demandes de la chèvre lorsqu'il prit notre commande.

— La magie qui attache Béhémoth à cette pierre est ancienne et puissante, déclara Nox, une fois nos cafés servis. C'est la même magie qui attache les génies à leurs hôtes. Mais la pierre a aussi son propre pouvoir, distinct de celui-là.

Béhémoth hocha la tête, faisant bouger ses cornes dorées.

— La pierre vient du mont Ignis.

Nox haussa un sourcil.

— Comment sais-tu ça ?

— C'est ma maison, renifla la chèvre.

— Elle donne des informations ?

— Oui. Elle a une âme.

— La pierre a une âme ? répétai-je.

Nox me regarda.

— En quelque sorte. Pas comme toi ou moi, ou même Béhémoth ici présent. Mais elle a une énergie vivante. L'enfer ne ressemble pas à ce monde. Il est entièrement composé de ce que vous appelleriez de la magie, et sa force vitale est l'énergie vivante puisée dans les âmes qui l'habitent. Cette pierre fait partie de l'enfer, et donc elle est composée de cette énergie.

— La pierre contient une partie de l'âme de ceux qui vivent en enfer ? Ce ne sont pas les pécheurs et les méchants qui vivent en enfer ?

Cette pensée me mettait mal à l'aise.

Nox hocha la tête.

— Oui.

— Et… j'ai été attirée par ça ?

— Oui.

Je laissai échapper un long soupir.

— Comment ça a fait ressortir mes ailes ?

— Cette énergie est la même que tu as puisée en moi. La pierre l'amplifie. Elle te reconnaît comme sienne.

Incapable de comprendre ce que je ressentais sans un long bain et un verre de vin, je passai à ma question la plus pressante.

— Il y a autre chose.

Je coulai un regard à Béhémoth, qui me regardait fixement, sans ciller. Il était inutile de lui cacher quoi que ce soit, décidai-je. J'étais une bonne personne, et je serais moi-même et honnête en sa présence.

— Je peux sentir ton pouvoir. Je veux dire, je le sens faire quelque chose. Je suis sûre d'avoir ressenti la luxure d'un gars dans le musée… pas envers moi, ajoutai-je rapidement quand le visage de Nox se couvrit de nuages orageux. Et quand j'ai vu Madaleine, et que son pouvoir m'a mise en colère, cette enveloppe de chaleur que tu me fais est arrivée, mais depuis l'intérieur de moi.

Nox inclina la tête et humidifia ses lèvres avec sa langue. Le désir pulsa, spontanément, à travers tout mon corps.

— Madaleine était là ?

— Oui. Mais parle-moi du pouvoir.

Son regard bleu perçant transperça le mien.

— Je suis désolé, Beth, mais je ne peux pas te dire

grand-chose. Je n'avais jamais, jamais été dans cette situation auparavant. J'ai transmis les pouvoirs du péché à d'autres via le livre, qui est un artefact extraordinairement puissant, mais c'est différent. Le pouvoir que tu as puisé en moi m'appartient, et la magie utilisée pour me maudire est divine et au-delà de ma compréhension. C'est aussi nouveau pour moi que pour toi.

Je lui rendis son regard.

— Tu penses que je peux utiliser le pouvoir ? Maintenant, j'ai la pierre ?

— On dirait que la magie répond à toi et à ce qui t'entoure.

— Je pense que ça me protège. Et parfois... Parfois, ça me rend plus audacieuse.

Nox hocha légèrement la tête, et je crus qu'il avait l'air soulagé.

— Je ne sais pas si tu seras réellement capable de le contrôler, mais cela pourrait t'aider dans ce qui nous attend.

— D'accord. Bon. Je crois.

— Qu'est-ce que Madaleine voulait ?

L'intensité quitta son expression, et il prit son café.

— Je ne sais pas pourquoi elle était au musée, mais elle m'a dit qu'elle voulait jouer au poker avec moi.

— On devrait s'inquiéter si elle rend visite à Techa. Si elle veut aussi le livre...

Il but une gorgée, l'air pensif.

— Mais elle nous a prévenus à propos de la Paresse. Pourquoi ferait-elle cela si elle travaillait contre toi ?

Nox se tourna vers Béhémoth.

— Tu sais quelque chose qui pourrait nous être utile ?

La chèvre cligna des yeux.

— J'ai passé les trente dernières années à l'intérieur d'une pierre dans la salle des pierres précieuses du musée.

— C'est un non ?

La chèvre hocha de nouveau la tête.

— C'est un non. Puis-je avoir un hamburger bientôt ?

— Oui, lui dis-je, avant de revenir à Nox. Penses-tu qu'Adstutus aurait quelque chose de plus fort pour cacher mes ailes ?

Nox les regarda par-dessus mon épaule pendant un long moment, et je pus voir le désir s'animer dans ses yeux. La chaleur afflua dans mes joues.

— Non. Pas tant que tu as la pierre. Je pense que tu devrais les accepter pendant un moment.

— Est-ce qu'elles... te plaisent ?

J'essayai de ne pas paraître timide – en vain. J'évitai aussi de regarder le bouc des enfers à côté de lui.

— Oui. Elles me plaisent.

La chaleur se propagea dans mon cou, à travers ma poitrine, pour s'accumuler dans mon cœur. Je le crus. Pendant la majeure partie de ma vie, je n'avais entendu que les mauvaises choses quand les gens parlaient. J'avais su qu'on faisait des compliments juste pour être poli, et à quel point j'étais ennuyeuse, donc ils n'avaient pas eu beaucoup de sens à mes oreilles. En fait, je les avais à peine entendus. Mais quand Nox faisait mon éloge... je savais que c'était réel. Et cela m'élevait et me renforçait.

J'embrassai cette bouffée de confiance et me penchai

vers lui avant qu'il ne prenne la fuite. Il sentait la fumée et le whisky, et je fermai les yeux, savourant son odeur.

— Je me demande à quoi elles ressembleront quand je ne porterai rien d'autre ? murmurai-je à son oreille.

Il se tendit, prenant une lente inspiration.

— Vous jouez avec le feu, Miss Abbott, gronda-t-il.

— Je sais. On me dit que je deviens assez bonne dans ce domaine.

Il tourna la tête, très lentement. Je gardai la mienne exactement là où elle était, et ses lèvres effleurèrent les miennes. Des étincelles chaudes jaillirent sur moi, et je contins à peine un gémissement.

— Tu deviens une putain d'experte, siffla-t-il.

La magie de la Luxure déferla de lui, m'engloutit, enflammant ma peau de désir.

— Tu triches.

— Tu es irrésistible.

La voix de Béhémoth pénétra ma brume sexuelle comme une douche d'eau froide :

— J'ai faim.

— Putains de chèvres des enfers, gronda Nox.

BETH

— **P**ourquoi le Seigneur de l'enfer doit-il faire la queue pour obtenir un hamburger ?

Béhémoth semblait vraiment perdu quand la question me fut projetée dans la tête.

Je vis se recourber les coins de la bouche de Nox.

— Parce que ce n'est pas un connard, et que ces gens étaient là en premier, répondis-je en désignant les personnes devant nous à l'étal du marché, juste à l'extérieur du café.

L'odeur de viande chaude flottait dans notre direction, et je devais admettre que j'avais moi-même hâte de manger un hamburger. Même si je n'avais pas demandé si les hamburgers des marchés magiques avaient la même composition que les hamburgers humains. Je décidai que je préférais ne pas savoir.

— Qu'est-ce qu'on fait le reste de la journée ? demandai-je à la place.

Mais quand je me tournai vers Nox, toute pensée à propos de nos projets de la journée disparut.

— Qu'est-ce qui ne va pas ?

Il était complètement rigide, et ses yeux étaient devenus d'un noir d'encre. Ses ailes jaillirent de son dos, et l'or brillant et chatoyant d'ombres tourbillonnantes se répandit rapidement sur les plumes.

— La Colère, grogna-t-il.

— Qu'est-ce qu'elle a ?

Mon cœur se mit aussitôt à marteler contre mes côtes. L'anxiété m'envahit alors que son pouvoir suintait et me faisait flageoler les jambes. La chaleur dans ma poitrine était brûlante, et la tiédeur maintenant familière se déroula en moi, me protégeant contre la terreur de l'ange noir devant moi.

— Elle est morte.

— Morte ? balbutiai-je à moitié.

Tout le monde sur le marché regardait Nox.

— Elle ne peut pas. Comment... Comment le sais-tu ?

— Je suis lié à elle.

Je fus distraite par un éclair de jalousie inattendue, jusqu'à ce qu'un flash de lumière sur ma droite attire mon attention.

— Gabriel ?

Nox grogna, se tournant vers son frère qui venait juste d'apparaître à côté de lui. Gabriel était habillé comme je l'avais déjà vu, avec un short et une chemise ample en lin, et ses longs cheveux blonds étaient attachés sur sa nuque.

— Michel est au café, dit-il doucement.

— Nous serons de nouveau ouverts dans une demi-heure, je vous assure, fit la voix du serveur de tout à l'heure.

Et je vis qu'il tenait ouverte la porte du café, et que les clients affluaient dans le marché, en chuchotant, l'air hébété.

Nox leur lança un regard noir, puis lui et Gabriel entrèrent dans le café. Béhémoth et moi, nous échangeâmes un regard et les suivîmes.

Assis à la table que nous avions libérée, son grand sourire totalement absent, se trouvait Michel. Béhémoth émit un étrange bruit de gazouillis quand nous approchâmes.

— C'est un bouc des enfers ? demanda Michel en se levant.

Nox se tira bruyamment une chaise, et ses ailes scintillèrent et disparurent.

— Oui, répondit-il avec de l'acier dans la voix. Qu'est-il arrivé à Madaleine ?

— On vient de retrouver son corps.

La voix de Gabriel était douce, presque compatissante.

— Au musée ?

Ma propre voix était rauque, et les regards des deux anges fusèrent vers moi.

— Comment sais-tu ça ?

— Je viens de la voir là-bas. Il y a peut-être une heure.

— Assieds-toi.

Je le fis, choisissant la chaise à côté de Nox.

— Elle a été retrouvée dans la partie magique du musée. Devant le tableau de la trinité.

Mon estomac se tordit violemment, et je déglutis avec difficulté. Comment diable avait-on pu tuer une femme comme Madaleine ? Elle avait limite des super pouvoirs... N'importe qui aurait pu sentir sa force en se trouvant à moins de cent pieds d'elle.

— Comment a-t-elle été tuée ? demanda Nox qui pensait clairement la même chose.

— Une sorte de bête. Et il y avait des preuves d'incendie.

Nox montra les dents, et une bouffée de chaleur accompagna ce geste.

— Des chiens des enfers.

Michel et Gabriel hochèrent la tête.

Michel me regarda. Ses yeux se concentrèrent sur mes épaules – sur mes ailes.

— Tu n'avais aucun pouvoir la dernière fois que nous t'avons vue.

— Peu importe, on doit découvrir pourquoi la Colère a été tuée, cingla Nox.

— Qu'arrive-t-il à son pouvoir ? Il t'est revenu ? demandai-je.

Il secoua la tête.

— Non. J'ai besoin de la page. C'est à ce moment-là que le pouvoir me reviendra.

— Tu peux fouiller sa maison, déclara Michel.

Nox lui adressa un sourire sarcastique.

— Merci beaucoup pour ta permission, mon frère, cracha-t-il à moitié.

L'électricité bourdonnait dans l'air et me résonnait dans les oreilles. Béhémoth gazouilla à nouveau sous la table.

— Et Cornu ?

Tout le monde me regarda à nouveau.

— Il était avec elle. Il a été tué aussi ?

Gabriel secoua la tête.

— Nous n'avons trouvé aucun autre corps que le sien.

— C'était un démon, si ça change quelque chose ?

L'expression de Michel se transforma pour montrer son dégoût.

— Je ne sais rien à propos de lui, dit-il en agitant la main avec dédain. De toute évidence, c'est une priorité pour le Ward, mais, Lucifer, nous voulons que tu trouves cette page. Il faut que ton pouvoir revienne. Quelque chose est à l'œuvre... Quelque chose de dangereux pour nous tous.

Nox regarda son frère.

— Et tu n'as vraiment aucune idée de ce que c'est ?

— Non. Mais on ne peut plus ignorer qu'il y a de plus en plus de pécheurs et de moins en moins de saints.

J'ouvris la bouche pour demander ce qu'étaient les saints, mais la refermai. Je garderais mon ignorance par-devers moi, du moins jusqu'à me retrouver seule avec Nox. Mes mains tremblaient légèrement. Comment

Madaleine pouvait-elle être morte ? Cela ne semblait tout simplement pas possible, d'autant plus que je venais de la voir. Et la silhouette en pardessus qui la suivait.

Même si j'avais envie de poser mes questions au groupe, l'hostilité dans l'air était tangible, et je me taisais.

— C'est votre travail de gérer vos disciples, déclara Nox.

Michel frappa du poing sur la table, me faisant sursauter. En temps normal, mon cœur aurait battu la chamade, et j'aurais été intimidée par ce geste agressif. Mais, au lieu de cela, du feu s'embrasa dans ma poitrine, et mon dos se redressa, et mes lèvres s'entrouvrirent en signe de défi.

Je ne me laisserais pas intimider. La voix était claire dans mon esprit, et c'était la mienne.

— Et c'est à toi de maintenir l'équilibre du monde, gronda Michel.

— J'ai choisi de renier mon travail. Toi, tu n'es juste pas doué.

Il y eut un brusque changement dans l'atmosphère et, pendant une fraction de seconde, je ne pus respirer, envahie par une pression intense. J'entendis Michel crier, Nox grogner, puis Gabriel se leva, et une odeur océanique se propagea dans l'air marécageux et oppressant, pour le purifier.

— Assez, dit-il calmement. Si notre ennemi a commencé à tuer des anges aussi forts que Madaleine, alors nous devons travailler ensemble.

De la chaleur se déversait de Nox et, même s'il n'avait

pas bougé de sa chaise, chaque chose en lui promettait un monde à feu et à sang Et cela m'inspira une admiration féroce que je trouvai impossible à ignorer.

J'allais devoir affronter la vérité. Je commençais à être vraiment excitée par sa facette plus sombre. Je ne savais pas du tout ce que cela me faisait ressentir, alors je repoussai ce questionnement moral dans un coin de ma tête et bus à la place dans chaque méplat dur, chaque goutte de fureur passionnée, chaque pouce de grâce mortelle. Il était au-delà de la beauté.

— Je ne crois pas que Banks ait volé mon livre, déclara finalement Nox. Mais nous savons qu'il veut les pouvoirs des péchés.

— Alors tu crois que tu as deux ennemis ?

La voix de Gabriel restait calme et égale.

— Oui. Et Banks est le plus faible des deux. Mais l'un ou l'autre aurait pu tuer Madaleine pour essayer de prendre mon pouvoir ou m'empêcher de le récupérer.

Michel hocha brièvement la tête. Il dégageait ses propres ondes dissuasives, assez fortes, mais pas comme celles de Nox.

— Trouve la page. Récupère ton pouvoir. Rétablis un putain d'équilibre dans ce monde.

Nox se leva, repoussant sa chaise.

— Beth, fut tout ce qu'il dit, avant de se retourner et de s'éloigner.

Je répondis aussitôt à sa convocation, ne m'arrêtant que pour adresser un petit signe de tête à Gabriel. Ce type m'avait sauvé la vie la dernière fois que je l'avais vu, et semblait beaucoup moins difficile à vivre que son frère. J'entendis les sabots de Béhémoth claquer derrière moi, mais je ne me retournai pas pour vérifier, me contentant de suivre Nox hors du bâtiment.

HUIT

BETH

— Connard arrogant, grogna Nox alors que nous traversions Solum.

Tout le monde lui laissait une large marge de manœuvre, et je devais presque sautiller pour le suivre.

— Je suis d'accord, déclara Béhémoth dans ma tête.

Nox baissa les yeux vers la petite chèvre, qui caracolait sur mes talons.

— Je n'apprécie pas tellement la compagnie des archanges, cependant, ajouta-t-il.

— Comme la plupart des êtres infernaux, marmonna Nox.

Il n'eut pas besoin d'ajouter qu'il faisait partie du lot, car c'était évident.

— Qu'est-ce qu'on fait maintenant ?

Mon esprit était un fouillis. J'avais des questions et une envie d'agir que je luttais pour réprimer. L'assassinat de Madaleine signifiait que nous avions atteint un palier supérieur, et un sentiment d'urgence implacable s'infil-trait en moi.

— À la maison. J'ai besoin de réfléchir.

Il me regarda, les yeux tourbillonnant toujours de lumière et d'obscurité.

— Et tu as des questions, sans aucun doute.

Nox appela Rory depuis la voiture et lui dit ce qui s'était passé. Puis il appela Malc et le mit sur haut-parleur.

— J'ai besoin de toutes les images que tu peux trouver des allées et venues de Madaleine en ville ces derniers jours. Et obtiens-moi toutes ses adresses. Elle a au moins deux propriétés à Londres, et une à Rome, je pense.

— Et Cornu, ajoutai-je. Cherche Cornu.

— Son sex-toy démoniaque ? dit Malc.

— Oui.

— Si tu le dis, Girl Boss.

C'était l'heure du déjeuner quand nous arrivâmes chez Nox, et mon estomac gronda bruyamment lorsque nous entrâmes dans le couloir, comme pour me rappeler que nous n'avions pas encore mangé nos hamburgers. J'étais encore tremblante et mal à l'aise, et l'adrénaline me pulsait toujours dans le corps, après que j'eus assisté à une altercation entre trois des êtres les plus puissants de Londres. Nox me jeta un coup d'œil et sortit à nouveau son téléphone portable.

— Pizza ?

Béhémoth et moi hochâmes la tête avec enthousiasme.

Nous nous installâmes dans le salon, des pizzas sur les genoux, servies dans des assiettes. Béhémoth consentit à manger sa part par terre, heureusement.

Il ne fallut pas longtemps pour que mon estomac se sente mieux et que l'adrénaline diminue à mesure que j'absorbais la sérénité de la maison de Nox. S'il était toujours en colère, c'est qu'il le contenait bien ; une gravité pensive s'était installée en lui pendant le trajet du retour.

— Tu as énervé Michel à propos de quelque chose concernant des saints. Qu'est-ce qu'un saint ? demandai-je.

— Les saints sont juste de bons anges. Il existe deux types d'anges. Enfin, trois, en fait. Tous les anges sont créés avec la magie du royaume d'où ils viennent, le paradis ou l'enfer. Les anges déchus sont créés à partir de la magie de l'enfer et les saints à partir de la magie céleste.

Je regardai Béhémoth, me rappelant ce qu'il avait dit à propos de la magie de l'enfer.

— Quelle est la différence entre une créature infernale et un ange venu de l'enfer ?

— Les anges ont leur magie incarnée dans un être humain. Les démons, ou les boucs des enfers, ou même les dieux, d'ailleurs, sont faits d'énergie magique pure. Un ange déchu ou un saint est humain au fond de lui. C'est pourquoi les anges dirigent ce monde et ont créé le Voile.

Et aussi pourquoi les anges vivent et procréent avec les humains. Ils relient la magie à l'humanité.

Je déglutis avant de poser ma prochaine question, pas certaine de vouloir entendre la réponse.

— Tu es humain, au fond ?

Il m'adressa un sourire malicieux.

— Oui. Mais je suis spécial. Je suis le troisième type d'ange. Et nous ne sommes que trois.

— La peinture, soufflai-je.

Il acquiesça.

— Moi et mes frères, on a été engendrés pour former un équilibre et, comme la magie de l'enfer est particulièrement corrompue, il fallait deux fois plus de magie céleste. Nous sommes des archanges et nous avons du pouvoir sur tous ceux qui utilisent notre magie. Nous avons été créés pour présider à nos magies respectives.

— Tu peux contrôler n'importe qui possédant la magie de l'enfer ?

— Sauf un dieu, oui. S'ils ont la magie de mon royaume, je suis leur Seigneur. Et mes frères peuvent contrôler les saints, qui utilisent la magie céleste.

Je réfléchis une minute.

— Michel a dit quelque chose à propos de saints ? Qu'il y en aurait de moins de moins ?

— Oui. Les anges de la gentillesse, de l'espoir, de l'altruisme, de l'honnêteté... toutes sortes de pouvoirs vertueux... Ils ont diminué au cours des dernières années.

— Je le ressens aussi, déclara Béhémoth. Il y a moins de bien à Londres que lors de ma dernière visite.

— Qu'est-ce que ça veut dire ? demandai-je. Il y en a moins qui sont créés ?

Nox prit une bouchée de pizza, puis répondit :

— Nous ne sommes pas sûrs. On ne surveille pas vraiment les êtres, juste la quantité de pouvoir qu'on peut ressentir. L'énergie des pécheurs et des anges déchus l'emporte chaque année davantage sur celle des saints.

Il haussa les épaules.

— Je ne sais rien à propos des anges de mon frère. Je pensais ce que j'ai dit à Michel : c'est son problème.

Nous mangeâmes en silence pendant quelques instants.

— Tu penses qu'ils ont raison de dire qu'un chien des enfers est impliqué dans la mort de Madaleine ? demandai-je. Parce que j'ai cru voir quelqu'un la suivre aujourd'hui, au musée, et je pense que la même personne était à la maison de retraite hier aussi.

Nox releva brusquement la tête.

— Étais-tu seule ? Qu'est-ce qui s'est passé ?

— Rien, et ce n'est peut-être qu'une coïncidence. Francis et moi avons vu quelqu'un dans les jardins, où nous venions de faire du sport... une personne en pardessus beige. Mais elle est partie quand je me suis rapprochée. J'ai vu quelqu'un portant le même manteau aujourd'hui, au musée. Mais ce n'est pas un type de manteau rare, et il y avait beaucoup de monde.

Des ombres passèrent dans ses yeux.

— Est-ce que ça aurait pu être Banks ?

— Non. La personne était plus petite. Honnêtement,

ce n'est probablement rien. Surtout si un chien des enfers a tué Madaleine.

— Madaleine aurait dû être plus forte qu'un chien des enfers. Merde, elle aurait dû être plus forte que la plupart des êtres infernaux, grinça Nox.

Il ferma les yeux une seconde, puis parla :

— Il faut qu'on aille chez elle pour voir si on peut trouver un indice à propos de l'endroit où se trouve la page de la Colère.

— Tu penses qu'elle l'a retrouvée ?

— Je ne crois pas qu'elle l'ait jamais vendue. Cette femme avait du pouvoir et de l'argent, et aucune raison de renoncer à quelque chose d'aussi précieux pour elle.

Je me souvins qu'elle avait refusé d'admettre qu'elle avait essayé de détruire la page de la Colère, même s'il était évident qu'elle l'avait fait. Elle avait cherché désespérément à conserver son péché, donc il semblait plus probable qu'elle ait gardé la page sous son contrôle plutôt que de la revendre, surtout si elle n'avait pas besoin d'argent.

— Tu penses que c'est pour ça qu'elle a été tuée ?

— Je ne vois aucune autre raison. Même si elle avait peut-être ses propres ennemis.

— Je suppose qu'elle ne l'avait pas sur elle quand elle est morte, sinon Michel et Gabriel l'auraient trouvée.

Nox émit un sifflement.

— Ils ne me la donneraient pas nécessairement.

— Ils semblent vraiment vouloir que tu récupères ton pouvoir, dis-je lentement.

Il fallait que je choisisse mes mots avec soin quand il s'agissait de ses frères.

— C'est l'impression qu'ils donnent, oui. Mais Beth, ne sous-estime pas le fossé qui nous sépare. Ils ont été créés à partir de la lumière et moi de l'obscurité. Ils éprouvent un mépris si profond pour moi qu'ils ne peuvent pas le contrôler.

Je pensai aux deux anges. Michel était difficile à lire et je soupçonnais fortement qu'il cachait quelque chose à Nox. Mais Gabriel...

— Je pense que Gabriel tient à toi.

— C'est ce qu'il veut te faire croire, dit Nox dont tout le comportement devint orageux. Tu ne lui dois rien.

Un grognement primal se glissa dans sa voix.

Ce n'était pas vrai : je devais ma vie à Gabriel. Mais je hochai quand même la tête.

— Je sais, dis-je en me penchant en avant et en posant mes lèvres sur sa joue. Je suis à toi.

Ses épaules se détendirent, et il tourna la tête, attrapant mes lèvres avec les siennes.

— Tu es à moi, murmura-t-il, sa peau douce caressant la mienne.

Je me dégageai, prenant une profonde inspiration et essayant de calmer mon corps qui chauffait.

— Chez Madaleine, dis-je.

Nox hocha la tête, et je pus voir qu'il se retenait, lui aussi.

— Voyons si elle a vraiment gardé la page.

NEUF

BETH

L'appartement de Madaleine ressemblait exactement à ce que j'avais imaginé.

Blanc.

Tout était blanc. Les murs, le plafond, les carreaux par terre, le comptoir de la cuisine, le canapé... Tout.

— Ouah. Je ne pense pas que je pourrais vivre dans un endroit avec si peu de couleurs, soufflai-je en suivant Nox dans le petit espace.

Nous étions dans l'un des quartiers les plus chers de Londres, Hyde Park Corner, et ce petit studio coûtait probablement le prix d'un immeuble résidentiel entier où j'habitais.

— Je ne pense pas qu'elle ait vécu ici, déclara Nox en ouvrant la porte d'un placard et en regardant à l'intérieur.

— Non ?

— Non. Je pense que c'est là qu'elle amenait des visiteurs. Le blanc devait l'apaiser. Il devait y avoir un autre endroit où elle se laissait aller.

C'était bizarre de visiter la maison de quelqu'un qui venait d'être assassiné. Quelqu'un que j'avais vu et à qui j'avais parlé juste une heure avant son meurtre.

Je frissonnai.

Madaleine ne s'était pas réveillée ce matin-là en sachant qu'elle allait mourir. Quand elle m'avait parlé, près du squelette de dinosaure, elle n'avait pas su du tout qu'elle était sur le point de perdre la vie.

Je regardai Nox, le cœur battant un peu plus fort. Aurions-nous dû faire fi de la prudence ? Aurions-nous dû vivre comme s'il n'y aurait peut-être pas de lendemain ? Ou étais-je juste à la recherche d'une raison pour faire une bêtise et céder au désir désespéré que j'éprouvais pour Nox ?

Nox me regarda, les yeux brillants, et je me demandai s'il pensait la même chose.

— Il n'y a rien ici, dit-il d'un ton bourru. Allons-y.

— Où va-t-on maintenant ? demandai-je quand nous remontâmes dans la voiture.

Nox sortit un morceau de papier de sa poche, et son bras effleura le mien. Des picotements me parcoururent la peau, dressant mes cheveux sur ma tête, et il s'arrêta. Il se tourna un peu sur le siège en cuir, leva la main et attira mon visage vers le sien.

— J'ai envie de toi, murmura son souffle sur mes lèvres avant que sa bouche ne se referme avidement sur la mienne.

— J'ai envie de toi aussi, lui dis-je, à bout de souffle quand il recula.

Et bon sang, qu'est-ce que c'était vrai ! Mon désir pour lui me faisait mal.

— Il faut qu'on trouve l'un de ces putains de péchés bientôt, grogna-t-il.

Je hochai la tête en désignant le papier.

— On va où, ensuite ? Peut-être qu'on aura de la chance et qu'elle a mis la page dans une tirelire. Ou un coffre-fort, dis-je en fronçant les sourcils. Même si on pourrait avoir du mal à entrer dans un coffre-fort.

La faim sur le visage de Nox était évidente lorsqu'il parla.

— Je ferais fondre un coffre-fort, si ça signifie que je peux te baiser.

Je bougeai sur mon siège, essayant de m'éloigner de lui. C'était ça ou je ne pourrais pas m'empêcher de le chevaucher, ce qui était une mauvaise idée pour un certain nombre de raisons – notamment le fait que Claude était devant, à attendre les instructions, et que Béhémoth attendait moins patiemment qu'on le fasse enter dans la voiture.

Avec un dernier regard brûlant vers moi, Nox tendit la main et passa le morceau de papier à travers l'ouverture de la cabine.

— C'est la prochaine adresse de Malcolm, aboya-t-il.

Je me penchai par la portière de la voiture et aidai Béhémoth à entrer.

— Tout de suite, monsieur, entendis-je dire Claude

Puis la voiture démarra.

La maison devant laquelle nous nous arrêtâmes ne ressemblait en rien à l'appartement chic d'où nous venions de sortir. Du moins, pas de l'extérieur. C'était à Shoreditch, un quartier branché de Londres plein de créateurs et d'entreprises indépendantes. Le rez-de-chaussée, comme la plupart en ville, servait de magasin. Contrairement à la plupart des bâtiments à Londres, cette maison était individuelle, avec des ruelles éclairées des deux côtés.

— Dizzy's Dry Cleaners, lus-je à haute voix en sortant de la voiture.

Nox regarda entre les deux ruelles et choisit celle où il y avait une benne à ordures. Une porte noire avec une arche blanche moderne était encastrée dans la brique rouge, et elle était entrouverte.

— Quel est son appartement ? demandai-je alors que nous commencions à monter les escaliers.

Il y avait quatre étages au-dessus du magasin, donc il y en avait probablement plusieurs dans le bâtiment. Je n'avais pas vu d'interphone ni de boîte aux lettres.

— La note de Malcolm ne le dit pas.

En haut des escaliers se trouvait une autre porte noire et, quand Nox essaya la poignée, elle était verrouillée. Il n'y avait pas de numéro sur la porte, ni aucune autre porte.

— Tu penses que tout est à elle ?

— Peut-être.

— Tu peux déverrouiller ?

Il se retourna, me décochant son sourire le plus espiègle. Mon ventre se gonfla légèrement, et de la chaleur se dégagea de lui. La porte cliqua, et il tourna la poignée.

D'après ce que je pouvais voir, il n'y avait pas du tout de blanc dans cet endroit. C'était presque comme si Madaleine avait fait tout son possible pour l'éviter. Ça me fit penser à un chalet alpin quand je me promenai dans le salon somptueux. Un canapé géant en forme de L d'un riche brun chocolat dominait la pièce, face à un immense feu de bois. Une télévision à écran plat était montée sur le mur de droite, et une longue bibliothèque en séquoia avec un bar au centre meublait la gauche.

— C'est bien, dis-je.

Les planchers étaient en bois, et la plupart des cuirs d'un bleu canard. C'était chaleureux, confortable et élégant.

— Vraiment sympa.

Nox était à la bibliothèque, à déplacer des livres pour regarder derrière.

— Aide-moi.

Je le rejoignis et, ensemble, nous parcourûmes l'immense meuble, tandis que Béhémoth reniflait dans la pièce, en faisant claquer ses sabots. Comme nous ne trouvâmes rien, nous nous dirigeâmes vers l'escalier au fond de la pièce. L'étage supérieur était une cuisine, tout aussi chaleureuse et accueillante que le salon.

Nous fouillâmes systématiquement dans tous les tiroirs, dans la pile de livres de recettes, et dans chaque placard. Il n'y avait aucun signe de la page du péché.

L'étage supérieur était une chambre, qui évoquait plus Madaleine que les deux autres étages. Pas parce qu'il y avait quoi que ce soit de blanc. Au contraire, en fait. Toute la pièce était noire, même le plafond. Une literie moelleuse recouvrait le lit gargantuesque, et de douces tentures de velours et de soie étaient suspendues partout, ce qui donnait à la pièce une ambiance très féminine. Une ambiance féminine très sombre.

Nox n'hésita pas à marcher vers le placard. Je pris une seconde pour ravaler mon malaise à l'idée d'envahir l'intimité de quelqu'un, et j'allai vérifier la table de chevet. Tout ce que je pus trouver, ce fut le genre de choses que toutes les femmes gardaient à cet endroit – un livre, des élastiques à cheveux, un tube de pommade pour les lèvres.

— Rien ici, dit Nox.

Je me tournai vers lui, mes yeux écarquillés quand je vis ce devant quoi il se tenait. C'était un placard plein des tenues les plus affriolantes que j'aie jamais vues. D'une manière ou d'une autre, elles réussissaient l'exploit d'avoir l'air aussi indécentes que ce qu'on voyait au club Aphrodite, et pourtant elles avaient dû être extrêmement coûteuses.

Je ressentis un éclair de jalousie irrationnelle en pensant à Madaleine en train de porter ça, quand je réalisai que Nox avait probablement pensé à la même chose en les parcourant.

Elle aurait eu l'air mille fois mieux que moi avec ça.

— Est-ce que tu..., commençai-je à dire

Puis je m'interrompis. J'avais été sur le point de

demander à Nox s'il voulait que je porte des choses comme ça. Mais je ne terminai pas la question parce que, s'il avait dit oui, je ne savais pas si j'aurais eu le cran de le faire.

En plus, on ne pouvait pas faire l'amour, de toute façon. Pas avant qu'il ait retrouvé son pouvoir, qu'il soit redevenu le diable à part entière et qu'il soit allé vivre en enfer – où nous ne pouvions pas non plus avoir de relations sexuelles parce que j'étais mortelle et que je ne voulais pas vivre en enfer.

Je croisai les bras, incapable de retenir un soupir de colère.

— Qu'est-ce qui ne va pas ?

— Rien. Il reste un étage.

Je savais que ce n'était pas sa faute, mais je ne voulais pas en parler. Surtout pas ici, dans la maison d'une femme morte.

Avec un petit regard inquiet vers moi, il se dirigea vers les escaliers.

Je n'étais pas préparée pour ce qui était au dernier étage.

— Miinnce, dis-je en haletant.

La pièce était un donjon flippant.

Un mur était couvert de fouets et de ce qui ressemblait à une cravache. Un autre avait une croix et des fers, ainsi que quelques autres choses que je ne reconnaissais pas. Toute la pièce était peinte en rouge et noir, avec un grand lit occupant la majeure partie de l'espace et une longue table capitonnée de cuir au pied de celui-ci.

— Je ne fouille pas là-dedans.

Je repliai les bras, et le sourire de Nox devint aussi espiègle qu'il était possible. Ses yeux brillèrent, et son pouvoir de Luxure déferla sur moi. De la chaleur, provenant de mon propre corps mais aussi de la boule de pouvoir, flotta en moi.

— Est-ce que ces trucs te mettent mal à l'aise ?

Je regardai autour de moi, essayant de comprendre quelle était ma réponse.

Mal à l'aise ? Oui.

Curieuse ? Oui aussi.

— Ce n'est pas quelque chose de familier.

Nox émit un petit bruit moqueur.

— Et moi qui pensais que tu étais une lectrice de romans d'amour.

— Avec des cow-boys et des pompiers ! Pas...

Je renonçai à trouver les mots justes et agitai mes bras autour de la pièce.

— Pas ça !

Je le grondai du regard, en souhaitant que mes joues ne soient pas aussi rouges que je savais qu'elles étaient.

— Je suppose que ça ne te met pas mal à l'aise ?

Ses yeux se fixèrent sur les miens, et je jure que je pus voir ses désirs passer dans ma tête comme un film. Ou bien étaient-ce les miens ?

Merde.

Quand il parla, sa voix était de miel liquide, une promesse de sexe dans chaque satanée syllabe.

— J'aime un peu de... contrôle.

Une impulsion de désir me frappa, et mes yeux

fusèrent vers une balançoire en velours rouge avec des liens suspendus à ses chaînes. Je déglutis difficilement à l'image qui me vint à l'esprit. J'étais sûre de pouvoir sentir sa chaleur grésiller sur ma peau quand il parla.

— En fait..., dit-il d'une voix maintenant semblable à un grognement. J'aime avoir totalement le contrôle.

Sa chaleur me faisait transpirer.

— Mais pour toi, je ferais une exception.

— C'est sexy, éructai-je.

Il me dévisagea un instant avant de reprendre la parole.

— Je pense que tu as besoin de piquer une tête dans la piscine.

DIX

BETH

— Je ne pense pas que ce soit une bonne idée, dis-je alors que Nox déboutonnait sa chemise.

Il ne plaisantait pas. Dès que nous étions rentrés chez lui, il avait dit à Béhémoth de rester dans la cuisine, sous peine de mort, et m'avait conduite directement à l'étage, à la piscine sur le toit-terrasse.

Pour être honnête, c'était une journée chaude, trop chaude pour cette période de l'année, mais je savais que ce n'était pas pour ça qu'il voulait entrer dans la piscine.

— C'est une excellente idée.

Il laissa tomber sa chemise par terre, et je me mordis fort la lèvre. Il était sculpté comme une putain de statue, et je le regardai, hypnotisée, déplacer ses mains vers sa ceinture.

— Je n'ai pas de maillot de bain.

— Je sais.

Je poussai un long soupir. Je pouvais sentir de l'humidité s'accumuler entre mes jambes rien qu'à le regarder enlever ses satanés vêtements. Pas la peine de se demander comment tout cela allait finir.

— Sérieusement, Nox. On ne peut pas.

Il laissa tomber son pantalon sur le carrelage. Tout mon corps se tendit.

Son sous-vêtement était serré, et son érection dressée contre lui.

— Beth, si je ne te goûte pas bientôt, je vais exploser, putain ! grogna-t-il. Et c'est plus dangereux que de perdre un peu de puissance. J'ai besoin de toi.

— Je ne veux pas te faire de mal.

Oh là là, qu'est-ce que j'avais envie de lui ! L'idée qu'il était peut-être sur le point de me toucher fit courir des frissons sur ma peau.

— Va dans la putain de piscine.

D'un geste rapide, il baissa ses sous-vêtements. Un petit gémissement m'échappa à sa vue, puis j'arrachai presque mes propres vêtements. Il me contempla, son corps si tendu qu'il aurait pu être fait de roche.

Une légère brise soufflait sur le toit, faisant durcir mes mamelons et paraître encore plus intense la chaleur entre mes cuisses.

Nox prit une inspiration, puis se laissa tomber dans la piscine, d'un mouvement gracieux. Je le suivis.

— Viens ici.

Le timbre doux de sa voix était un chant de sirène, assez pour m'attirer à lui sans réfléchir.

Je réduisis la distance entre nous, mon souffle de plus en plus court.

On allait vraiment le faire.

Je savais à quel point cela me ferait du bien, et l'impatience, combinée à un besoin primordial, me retournait l'estomac.

— Arrête, ordonna-t-il.

Je le fis, à un demi-pied de lui. Il tendit la main, lentement, passant son doigt humide sous mes seins, les buvant avec ses yeux brillants. Il effleura mon téton avec le bout de ses doigts, et j'expirai fort.

Il fit un petit pas en avant.

— Tu veux faire ce que je te dis ?

J'étais sur le point de dire oui, mais quelque chose m'arrêta. Les images du donjon surnagèrent dans mon esprit – moi attachée sur la table, retenue dans la balançoire, penchée sur le bord du lit, allongée sur ses genoux...

— Pourquoi ne fais-tu pas ce que je te dis, plutôt ?

Ma voix était à peine un murmure, et je carrai les épaules, essayant d'insuffler de la confiance dans ces mots. Ce geste attira son attention sur mes seins, et les paupières de Nox s'abaissèrent de désir.

Il baissa la tête, frottant ses lèvres contre les miennes, puis mordillant ma lèvre inférieure.

Je haletai, mes muscles se crispant à la sensation inattendue.

— À quoi penses-tu ? Dis-moi ce que tu veux. Dis-le pour moi, murmura-t-il dans la longueur humide de mes cheveux, en m'attirant contre lui.

Je me délectai de l'étreinte de ses doigts, qui s'enfonçaient profondément dans ma chair. Son érection se pressa contre mon ventre, dure et énorme, assez pour me vider l'esprit.

Il me fallut m'éclaircir la gorge pour pouvoir lui donner une réponse.

— Je veux te donner du plaisir.

Il s'écarta suffisamment pour me regarder en face. Le désir brûlait dans ses yeux.

Je levai le regard, en souhaitant avoir le courage d'exposer mes envies dans les moindres détails. Avoir la capacité de l'amener au bord du gouffre avec juste des mots et ma voix, comme il pouvait le faire pour moi.

— Je veux te goûter, fut tout ce que je réussis à prononcer parmi une litanie de choses que je voulais vraiment lui faire.

Il me guida doucement vers l'arrière par les coudes, fendant l'eau avec mon corps jusqu'à ce que mon dos heurte la margelle lisse du bord de la piscine. Quand je fus complètement pressée entre les dalles et son corps solide, il prit mes fesses dans ses mains et me souleva pour m'asseoir.

— J'ai dit que je voulais te faire plaisir, réussis-je à éructer avant que ses lèvres charnues ne se referment autour de mon mamelon droit.

Ma capacité à articuler m'échappa, et il passa sa langue sur ma peau sensible, la chaleur de sa bouche contrastant follement avec l'air frais qui tourbillonnait autour de moi.

Le tranchant de ses dents vint ensuite, et je criai, à la fois de plaisir et de douleur.

Ses lèvres descendirent sur mon ventre, des sensations jaillissant à chaque contact.

— Tu es si belle, siffla-t-il en atteignant mes cuisses et en les écartant lentement.

— Nox, s'il te plaît, dis-je, suppliant à la fois avec mes mots et mon corps, mes doigts s'enfonçant dans ses bras alors qu'ils agrippaient mes cuisses.

J'avais mal partout de désir, et je savais qu'il devait voir à quel point j'avais envie de lui, maintenant qu'il me fixait.

— Qu'est-ce que tu demandes, Beth ?

Sa voix tira sur le moindre soupçon d'excitation que j'avais dans le corps, comme sur une ficelle tendue.

— Toi.

— Quoi, spécifiquement ?

Ses lèvres effleurèrent ma chaleur.

— Ça, m'étranglai-je à moitié.

— Dis-le.

Je rassemblai ma détermination et serrai les cuisses, le forçant à reculer.

Je déglutis difficilement avant de le regarder.

— Je veux te goûter.

Ses yeux s'assombrirent, puis il recula. Je glissai à nouveau dans l'eau, et il agrippa mes hanches et me souleva tout en nous faisant tourner, ses yeux sombres et affamés toujours rivés dans les miens. Quand il eut changé de position afin que son dos soit au bord de la piscine, il me reposa.

Lentement, il se hissa hors de l'eau. Lorsque toute sa

peau sublime apparut, je réappris chaque courbe, chaque muscle, chaque centimètre humide de sa personne sur lequel je voulais poser la bouche. C'était ce que je voulais. Lui dans ma bouche pour que je puisse lui inspirer ne serait-ce qu'une once de ce qu'il avait éveillé en moi.

Je gémis à haute voix en le voyant. Sa queue se dressait de toute sa longueur contre les méplats de ses abdominaux, et mon esprit se vida à nouveau alors que je me perdais dans sa contemplation.

Sa voix me sortit de ma rêverie.

— Tu avais des projets pour moi ?

Je hochai la tête. Soudain nerveuse, je tendis la main et l'enroulai autour de son membre. Sa peau était rouge et chaude sous ma poigne, et mon propre désir faisait flageoler mes genoux.

— Tu voulais me goûter, dit-il d'en haut, sa voix basse et incroyablement sexy.

La confiance jaillit en moi.

Je me penchai et serrai mes lèvres autour du gland sombre de sa queue. Il sursauta légèrement dans ma prise, mais s'immobilisa quand je commençai à bouger. Sa main glissa dans mes cheveux mouillés, tirant fort sur les mèches, dans son poing.

— Ne t'arrête pas.

Ces mots étaient à la fois une supplique et un ordre.

J'enfonçai ma bouche autour de lui, l'attirant plus profondément dans le fond de ma gorge. Son gémissement m'encouragea, me donnant le courage de sucer un peu plus fort.

Plus il réagissait à moi, plus mon corps brûlait, et mon désir s'accumulait sous forme liquide entre mes jambes.

Il commença à bouger avec moi, et je ne pouvais plus dire qui commandait. Avec une main sur ma nuque, pour me guider la tête, et l'autre en coupe sur ma joue, il baisa doucement ma bouche, sans jamais aller plus loin que le fond de ma gorge. Je déglutis contre lui, essayant de l'attirer plus profondément, de le prendre plus fort, de le faire durer plus longtemps, mais il rendait plus douce la caresse que j'aurais voulu plus obscène.

Ses doigts se resserrèrent autour de mon visage, et je retirai doucement ma bouche de lui. Ma mâchoire me faisait mal à cause de mes efforts, et des siens, mais je m'en fichais. Une fois que j'eus ajusté ma position et mes mains pour le saisir directement à la base, je plongeai pour le reprendre dans ma bouche. Cette fois, j'étais déterminée à faire glisser toute sa longueur jusqu'au fond de ma gorge.

— Doucement, murmura-t-il, ses doigts toujours emmêlés dans mes cheveux mouillés.

Mais je ne voulais pas y aller doucement. Je voulais le rendre fou de moi.

Je suçai plus fort, en utilisant ma langue, en frottant doucement mes dents sur sa couronne, en mettant même les mains quand je les fis remonter pour aller à la rencontre de mes lèvres le long de sa longueur. Il ne fallut pas longtemps pour que je m'ouvre suffisamment pour le prendre plus fort, le bout émoussé de sa queue frappant le fond de ma gorge. La première fois que je réussis à l'avaler, il poussa un soupir étranglé et s'éloigna par réflexe, mais je ne le laissai pas partir.

Le désir et l'excitation avaient pris racine en moi, et je le voulais en moi plus que tout. Mais ça... c'était pour lui, et tout le plaisir qu'il m'avait donné jusqu'à maintenant.

Je le suçai à nouveau fort, avalant une fois de plus pour tirer son membre jusqu'au fond de ma gorge. Sa main se convulsa dans mes cheveux, puis le jet chaud de sa jouissance suivit. Il remplit le fond de ma gorge, et j'avalai par réflexe, prolongeant son plaisir, et le mien par défaut. Quand il cessa de frémir contre moi, il retira doucement ses doigts de mes cheveux, pour ensuite prendre mes joues en coupe dans ses deux mains et m'encourager à reculer.

— Putain, grinça-t-il.

Je le regardai, haletante. Ses yeux étaient sauvages, sa queue toujours dure et palpitante.

Il glissa dans la piscine, enroulant ses bras autour de moi. Je levai mes jambes dans l'eau dès qu'il soutint mon poids, et les enroulai autour de lui instinctivement. Sentant mon humidité contre lui, il grogna. Ses lèvres rencontrèrent les miennes et, quand il m'embrassa, des images explosèrent dans ma tête. Chaque goutte de plaisir que je venais de lui donner se précipita à travers moi et, sans même réaliser ce que je faisais, je me tortillai autour de lui, essayant de prendre son érection dans mon essence en fusion.

Quand j'arrivai enfin au bon endroit et le sentis contre mon entrée, il m'embrassa plus fort.

— Tu as le contrôle, dit-il contre mes lèvres.

Je m'abaissai sur lui, mes cuisses serrées fort autour de lui.

Il expira profondément, m'étreignant plus fort contre sa poitrine et déplaçant une main vers le bas pour prendre mes fesses en coupe.

Lentement, il me souleva.

J'étais faite pour lui. C'était la seule pensée dans ma tête tandis qu'un parfait plaisir montait en flèche à travers chaque terminaison nerveuse de mon corps.

Il me fit rebondir de haut en bas sur son membre, lentement au début, puis plus vite. J'étais pressée si fort contre lui que mon clitoris frottait contre son pubis et, en un rien de temps, le plaisir s'intensifia et se noua dans mon essence.

Je l'embrassai plus fort, enfonçant mes ongles dans ses épaules.

Tout mon désir refoulé déborda, et mon corps se convulsa contre lui, déchiré par le plaisir comme par un raz de marée. Mon orgasme déclencha le sien, et je le sentis sursauter, serré fort contre moi, et frottant ses hanches contre les miennes.

— Beth, dit-il, ses lèvres m'arrachant toujours des baisers alors que nous étions à bout de souffle.

— Nox.

Il remonta sa main le long de ma mâchoire, dans mes cheveux, me tirant en arrière pour me regarder.

— Tu m'appartiens.

— Je t'appartiens.

ONZE

BETH

L e lendemain matin, une faible sonnerie de smartphone me tira du meilleur sommeil que j'avais eu depuis des jours.

— C'est le tien, entendis-je marmonner Nox, son bras serré autour de moi dans le lit moelleux

Je cherchai mon téléphone dans la pénombre, puis refermai la main dessus et regardai l'écran d'un air groggy. Il était sept heures du matin.

— Malc ?

— Bonjour. Écoute, ma pote en Amérique du Sud a trouvé quelque chose. Il est tard là où elle se trouve, mais elle peut passer un appel vidéo et vous l'expliquer maintenant, avant d'aller se coucher. Tu es disponible ?

Je fus instantanément réveillée.

— Donne-moi cinq minutes.

. . .

Je ne pouvais pas m'arrêter de gigoter pendant que je regardais l'écran de l'ordinateur portable de Nox. J'essayais désespérément de ne pas me faire de faux espoirs, mais c'était dur. Je voulais tellement en savoir plus sur mes parents et, sans eux pour leur poser des questions, c'était sûrement ma meilleure chance d'y arriver. Mais je m'étais douloureusement habituée à être déçue par le manque d'informations à propos de mes parents, pendant mes recherches, depuis tout ce temps, et je n'avais pas envie de me préparer à nouveau à cette sensation trop familière de ventre noué.

Béhémoth n'avait posé aucune question sur la nuit précédente, par bonheur, et était maintenant assis par terre, à mâcher maladroitement un Weetabix que je lui avais donné.

Lorsque l'application d'appel vidéo s'éveilla, je me raidis, en appuyant rapidement sur le bouton de réponse. Nox tendit la main et la referma sur mon genou.

— Boss, Girl Boss, dit Malc en nous adressant un signe de tête. C'est Nina.

Un troisième cadre apparut sur l'écran, et une femme sublime aux cheveux noués dans une écharpe aux couleurs vives nous salua joyeusement.

— Bonne journée à vous, dit-elle.

— Bonjour, souris-je nerveusement en retour.

Nox leva une main.

— Plutôt que d'essayer de relayer tout ce que sait Nina, j'ai pensé qu'il serait plus simple de l'inclure dans la conversation, déclara Malc.

— J'apprécie, dis-je, incapable de garder mes nerfs dans ma voix. Qu'avez-vous découvert ?

— Tout d'abord, c'est bien de l'ADN angélique.

Mon souffle se coupa un peu. Nox avait cru que c'était le scénario le plus probable, mais c'était quand même surréaliste d'entendre la confirmation.

— Comment s'appellent tes parents ? me demanda Nina.

— Georges et Gloria.

Elle griffonna sur son bloc-notes en hochant la tête.

— Je crois qu'un seul de tes parents était un ange, et les analyses sanguines suggèrent que c'était probablement du côté masculin.

— Papa.

Ce mot sortit comme un murmure, et je sentis ma gorge se serrer.

Mes parents m'avaient toujours semblé un couple étrange – maman si stricte, prudente et sérieuse, et papa si optimiste, joyeux et sensible. Si j'avais dû deviner lequel d'entre eux était un vrai ange, je n'étais pas sûre que j'aurais choisi papa mais, maintenant que j'y réfléchissais, c'est ce qu'il avait été pour moi toute ma vie. Son absence de plusieurs années menaça de me submerger, et l'arrière de mes yeux me picota.

Nina me regarda avec chaleur.

— Oui. Et il y avait suffisamment de traces pour que je précise quel genre d'ange il était.

— Un saint, soufflai-je.

Elle acquiesça.

— Oui. Son pouvoir est soit l'Espoir, soit la Joie. La

signature des deux magies est très similaire, donc je ne peux pas être sûre de savoir laquelle.

Une larme coula, tandis que les souvenirs défilaient dans mon esprit. C'était comme si toute une vie d'expérience se solidifiait pour devenir quelque chose que j'eus l'impression d'avoir su depuis toujours.

Toutes les fois où il avait rempli le puits émotionnel des gens autour de lui et offert d'interminables encouragements à ceux qui se sentaient échouer. Surtout à moi. Papa n'avait jamais abandonné personne.

Nox me serra fort la main, mais ne dit rien. Nina continua à me sourire.

— Il doit te manquer.

Je pus seulement hocher la tête, ma gorge trop serrée pour parler sans qu'un sanglot ne s'échappe.

Je n'étais pas plus près de retrouver mes parents, et je ne savais pas plus s'ils étaient vivants. Mais des années de chagrin bouillonnaient et s'élevaient depuis l'endroit où j'avais enfoui mes émotions les plus handicapantes. Toute mon enfance, mon adolescence, toutes ces années passées avec mes parents, et ils ne m'avaient jamais dit que papa était un ange. C'était un saint, doué d'une magie céleste, qui rendait les gens heureux ou leur donnait de l'espoir.

Je me sentis extrêmement fière de lui et terriblement trahie en même temps, et la confusion qui en résultait m'empêchait de me concentrer sur les visages sur l'ordinateur portable.

— Boss, Nina pense qu'elle a peut-être un livre

quelque part qui pourrait aussi aider avec ce symbole, disait Malc.

J'essayai de me concentrer sur lui à travers ma vision floue.

— Oui, j'en reconnais une partie. Je crois que c'est de la magie noire, et je pense que cela concerne le contrôle des bêtes.

Nox se raidit à côté de moi.

— Est-ce que ça pourrait être comme ça que quelqu'un a pris le contrôle de chiens des enfers ?

Nina parut pensive, puis hocha la tête.

— Oui. C'est une possibilité certaine. C'est un symbole très ancien, et s'il a été utilisé pour contrôler une créature sauvage de l'enfer, il doit être imprégné d'une magie très noire.

— Qui pourrait faire ça ? demanda Malc.

— Madaleine aurait pu, marmonna Nox.

— Est-ce qu'un chien des enfers aurait pu se retourner contre elle s'il y a eu un accident ?

— Peut-être, dit Nina. Je vais creuser dans mes livres pour confirmer si le symbole peut être lié aux chiens des enfers. Et, Beth ?

Je clignai des yeux vers elle sur l'écran.

— Oui ?

— La magie céleste est puissante. Ou du moins, elle l'était. Il y a de fortes chances que tes parents soient encore en vie. Il en faut beaucoup pour anéantir l'Espoir et la Joie.

— Merci, murmurai-je.

Son visage souriant disparut de l'écran, Nox remercia

Malc et referma le couvercle de l'ordinateur portable. Mais je remarquai à peine son geste. Les mots tournaient dans ma tête, à répétition, et mon cœur commençait à sauter dans ma poitrine. Une pensée se formait dans ma tête – une sensation de rouages en train de tourner, tourner, tourner , avant de se mettre en place exactement comme ils le devaient.

La magie céleste est puissante. Ou du moins, elle l'était.

Ma main trembla légèrement quand je tournai la tête.

— Nox, mes parents ont disparu il y a cinq ans, et on sait maintenant que l'un d'eux était un saint.

Ses yeux se fixèrent sur les miens, emplis d'une émotion indéchiffrable.

— Et si ça concernait cette *chute* de la magie des saints ? Et si quelqu'un les avait enlevés ?

Nox me regarda fixement.

— Tu dis que quelqu'un enlève des anges ?

— C'est possible ?

— Il faudrait qu'ils soient extrêmement puissants. Ce ne serait pas une mince affaire de kidnapper des anges.

— Ce n'était pas facile de tuer Madaleine, mais quelqu'un l'a fait ! objectai-je.

Son visage se crispa, et je compris ce à quoi il pensait.

— S'ils sont capables d'enlever des anges, alors ils sont probablement capables de les tuer aussi.

Je me sentis mal en le disant.

— Peut-être. Mais on a trouvé le corps de Madaleine. Pour ce que j'en sais, aucun saint n'a été retrouvé mort au fil des années. Ils ont juste lentement... diminué en puissance et en nombre.

Sa voix devint pensive, et son pouce effleura mon avant-bras d'une manière rassurante.

— Pourquoi quelqu'un enlèverait-il de bons anges ? demandai-je doucement.

Je ne savais pas si je voulais avoir raison ou non, mais je ne pouvais pas changer la certitude que je ressentais. Cela avait tellement de sens. Tout cela ne pouvait pas être une coïncidence.

— Soit juste pour rendre le monde plus malheureux, soit en préparation de quelque chose de plus spécifique.

— Comme quoi ?

Nox réfléchit un long moment, avant de parler.

— Le Ward a imputé l'augmentation du nombre de pécheurs à mon incapacité à infliger des châtiments. Et si c'était en fait dû à la chute de la joie, de l'honnêteté, de la gentillesse et de toute la magie céleste que les saints apportent au monde ? Et si cet ennemi invisible que nous combattons était derrière tout ça ?

— Ils enlèvent des saints pour te donner une mauvaise image ? Qui ferait ça ?

— Quelqu'un qui voulait me chasser du pouvoir. Si Michel et Gabriel croyaient que j'étais responsable de la chute du monde humain dans le péché, alors ils auraient des raisons de me retirer mon pouvoir. Et ce sont les seuls êtres à pouvoir le faire.

— Pourquoi ne pas simplement te tuer ? Pourquoi passer des années à enlever des gens pour que le Ward le fasse pour eux ?

— C'est politique. Me tuer, même m'attaquer à visage découvert, aurait déclenché une guerre. Je suis le précieux joujou d'Examinus, l'un des êtres les plus meurtriers jamais créés.

Des ombres envahirent ses yeux tandis qu'il parlait, et la haine suintait de lui. Cette colère n'était pas la même force sombre qu'il dégageait devant ses frères et qui avait réchauffé tout mon corps. C'était quelque chose de plus profond et d'assez sinistre pour que je sois forcée de baisser mon regard.

Je laissai échapper un long soupir.

— Qu'est-ce qui a changé alors ? En supposant que cela soit vrai, et que quelqu'un ait passé des années à travailler lentement pour te faire tomber en enlevant des saints et en rejetant la faute sur toi, pourquoi soudain voler le livre et les pages maintenant ?

— Toi.

Mon ventre se noua lorsque je recroisai son regard intense.

— J'ai maintenant une très bonne raison de récupérer mon pouvoir et de lever ma malédiction. Et je serais beaucoup, beaucoup plus difficile à écarter du pouvoir à pleine puissance. Mon agresseur n'a plus le luxe du temps.

Je ne savais pas quoi dire. Est-ce que ce pouvait être vrai ? Mes parents avaient-ils pu être les victimes collatérales d'un complot contre Nox ?

Ou étais-je loin, très loin de la vérité, et avaient-ils été tués dans un accident de voiture cinq ans plus tôt et jamais retrouvés ?

Je sentis l'arrière de mes yeux brûler à nouveau, l'émotion menaçant de me submerger.

— Nox, j'ai besoin d'un peu de temps. Juste pour, tu sais, réfléchir à tout ça.

Ses yeux étaient pleins de quelque chose que je ne reconnaissais pas, même si j'aurais pu deviner que c'était de l'inquiétude. Je ne savais pas si c'était Examinus, l'idée qu'il puisse y avoir un complot contre lui, ou simplement ma propre émotion qui en était la cause.

— C'est difficile à expliquer, mais le deuil de mes parents est un processus dans lequel je suis depuis long-temps. C'est en quelque sorte... le mien. J'ai besoin d'être chez moi et de voir Francis. Pas parce que tu ne me rassures pas, tu le fais, c'est juste que...

Il me coupa la parole, plantant un doux baiser sur mes lèvres, interrompant ces mots, et le soulagement déferla en moi.

— Je comprends.

— Merci.

DOUZE

NOX

Je regardai Beth et le petit bouc des enfers se diriger vers la voiture de Claude, saisi par un sentiment de malaise croissant à mesure qu'elle s'éloignait.

Si ça n'avait tenu qu'à moi, je ne l'aurais pas laissée s'écarter à plus d'un pied de moi. Mais ça n'était pas possible. Plus que mon propre bonheur, je voulais que Beth devienne qui elle était censée être. J'avais besoin qu'elle sache à quel point elle était forte. J'avais besoin qu'elle embrasse sa propre compagnie et ses propres pensées. Elle finirait par s'aimer et par se faire suffisamment confiance pour dissiper tous les doutes et toute la douleur qu'elle portait avec elle.

La pensée qu'elle souffre fit jaillir de la colère dans mon ventre, et je claquai la porte.

Il fallait retrouver ses parents. Qu'ils soient vivants ou non, elle avait besoin de savoir. Et je serais là. Elle ne s'en occuperait pas seule. Pas cette fois.

Je descendis à la salle de gym.

Son père était un saint.

L'ironie ne m'échappait pas. Un putain de saint. La seule femme que le diable était capable d'aimer était l'engeance d'un ange d'Espoir ou de Joie. L'antithèse de mon propre pouvoir.

Mais *elle* n'était pas un ange. Elle était bonne, gentille et désintéressée, mais elle était corruptible.

Mon but n'était pas de la corrompre, mais l'enfer... L'enfer la détruirait, morceau par morceau.

Beth était mortelle et avait grandi avec la magie d'un saint. On ne pouvait pas le nier. S'il fallait que je retourne en enfer, elle ne pourrait pas m'accompagner.

C'était la seule femme avec qui je pouvais passer ma putain de vie éternelle, et elle ne pouvait pas exister à mes côtés. Je sentis ma peau s'échauffer à mesure que la colère fit gonfler mes muscles.

Je déchirai ma chemise et m'allongeai sur le banc de musculation, et une pensée désagréable me vint à l'esprit.

La malédiction.

Et si Beth était capable de la défier, si mon corps lui répondait physiquement précisément *parce qu'*elle m'était interdite ? Ce pouvait-il que ce soit une autre ruse cruelle tissée dans la magie qu'Examinus avait utilisée pour me baiser ?

Et si ce que je ressentais pour elle faisait partie de mon châtiment ? Et si cette malédiction allait toujours me faire tomber amoureux de la progéniture d'un saint ? Une personne qui soit me tuerait par le sexe, soit me laisserait brisé et seul parce qu'elle ne pourrait pas vivre avec moi après que mon pouvoir m'ait été rendu ? C'était une punition cynique.

Je grondai en soulevant la barre chargée de poids et ressentis une brûlure satisfaisante dans le biceps.

Mes sentiments pour Beth étaient réels et ne relevaient pas de la malédiction. Ils devaient l'être.

N'est-ce pas ?

— Putain d'Examinus, sifflai-je en relâchant la barre. Espèce de dieu arrogant, cruel et salopard.

Un rire s'infiltra dans ma tête et je me figeai.

— *Invoque mon nom, petit, et je t'entendrai peut-être.*

La voix d'Examinus me fit l'effet d'un couteau dans le crâne, tranchant et douloureux.

— Sors de ma tête.

— *Tu préférerais me rendre visite en enfer ?*

— C'est vrai que ça s'est bien passé la dernière fois ! crachai-je en me baissant sous ma barre et en m'asseyant.

— *Tu es faible, Lucifer. La fille t'affaiblit.*

— Lève ma malédiction, et je récupérerai les péchés.

— *Mensonges.*

— Je pourrais les récupérer si je n'étais pas aussi faible. Lève la malédiction.

— *Tu ne serais pas si faible si tu ne succombais pas à tes désirs. Faible d'esprit, faible de corps.*

— Pourquoi elle ? Était-ce ta faute ?

— *Je ne te dirais pas si c'était le cas, Lucifer. Suicide-toi par le plaisir, ou retrouve toute ta force et délecte-toi de la véritable magnificence dont tu es capable. Ce sont tes options.*

Les paroles de Beth, son insistance pour que je tente de négocier avec le dieu, se glissèrent dans ma frustration.

— Tu sais que je ne souhaite pas résider en enfer et passer des heures interminables avec de la racaille. Je ferai exactement ce que tu demandes, si tu m'aides à trouver une autre façon de vivre.

Un autre rire se fraya un chemin dans mon cerveau.

— *Une façon de vivre avec la fille ? Tu ne veux pas être séparé d'elle.*

— Je ne souhaite pas résider en enfer, répétai-je. Tout comme je n'en avais pas envie il y a soixante-dix ans. Cela n'a pas changé.

— *Elle peut vivre ici avec toi.*

— Non.

— *Je vais la transformer en quelque chose d'autre pour toi... une créature infernale bien sûr. Peut-être un démon ?*

La peur me fit bondir sur mes pieds en quelques secondes, des flammes jaillissant de ma peau alors que mes ailes se déployaient spontanément dans mon dos.

— Comment oses-tu putain...

La douleur me déchira, et je me pliai en deux, mes ailes s'enroulant autour de moi en un geste défensif, mais sans pouvoir chasser ce sentiment d'agonie.

— *J'ose faire ce que je veux, Lucifer. Récupère ton pouvoir et retourne en enfer. Ou je transformerai la petite mortelle en mon propre démon domestique.*

TREIZE

BETH

— Lavender Oaks, s'il te plaît, Claude, dis-je en aidant Béhémoth à s'asseoir à l'arrière de la voiture.

— Tu sais, c'est très indigne et embarrassant d'entrer dans ce véhicule mais, une fois que j'y suis, je pense que c'est tout à fait approprié pour une bête infernale, me dit-il. Où allons-nous ?

— Voir ma meilleure amie. Il faut que je lui dise ce que j'ai découvert pour faire du rangement dans mes émotions.

La chèvre inclina sa tête poilue.

— Et quelles sont tes émotions ? Sans doute, tu dois retrouver le malandrin impie qui a enlevé ton père et déchaîner l'enfer sur sa personne ?

Je haussai les sourcils à son attention.

— Tu penses que c'est ce qui s'est passé alors ? Tu penses que mes parents ont été enlevés ?

— D'après ce que j'ai entendu, je pense que cela

semble probable. Ce qui est peu probable, c'est toi et Lucifer.

— Que veux-tu dire ?

— Tu es la progéniture d'un saint. Il est le Seigneur des déchus. C'est un couple malheureux.

Une nouvelle sensation de malaise rejoignit celle qui tournait déjà dans mon estomac.

— Un couple malheureux, répétai-je.

Était-ce l'explication de cette lueur dans les yeux de Nox ? Il ne pouvait pas aimer la progéniture d'un saint ? Son baiser avait dit le contraire, mais je ne lui avais jamais vu ce regard auparavant.

— Tu représentes l'opposé de son pouvoir.

— *Moi*, je ne suis pas un ange, dis-je avec tant d'insistance que je me surpris moi-même. Je n'ai rien du pouvoir de mon père.

Ma voix s'évanouit lorsque je prononçai le mot « père », mes souvenir de lui me frappant une fois de plus dans les tripes.

— Pourquoi es-tu triste d'apprendre cela à propos de tes parents ?

— Beaucoup de raisons. Ils m'ont caché tant de choses. Ils me manquent. Je leur en veux de m'avoir menti. Je désespère de les revoir.

De nouvelles larmes coulèrent sur ma joue, et je serrai les dents.

— J'espère qu'ils ne souffrent pas, ou pire.

Béhémoth pencha la tête dans l'autre sens, comme pour me jauger.

— Cela semble compliqué. Je suis content que les

boucs des enfers n'aient pas à gérer des émotions aussi conflictuelles.

— Ouais.

— Mais tu ne devrais pas être triste. Tu as le Seigneur de l'enfer à tes côtés. Il n'y a aucun autre être qui soit plus susceptible de t'aider à retrouver tes parents perdus ou à vaincre tes ennemis.

Il avait raison.

— Et si tu as raison, alors vous cherchez le même ennemi. Ce qui est encore mieux.

Un autre bon point. Qui aurait cru que la chèvre pouvait parler avec autant de bon sens ?

En fait, plus j'y pensais, alors que la voiture traversait la circulation londonienne en direction de Wimbledon, plus cela avait de sens. Si nous avions raison de dire que maman et papa avaient été enlevés par la personne qui voulait chasser Nox du pouvoir, alors, pour la première fois, j'avais une piste à propos de leur disparition. Et mieux encore, c'était une piste que nous poursuivions déjà.

Béhémoth avait raison. Je n'aurais pas dû être triste. C'était la meilleure nouvelle que j'avais reçue au sujet de mes parents depuis qu'ils avaient disparu.

Une résolution presque enthousiaste commença à s'emparer de moi, et mes larmes séchèrent tout à fait à mesure que de de la chaleur se répandait dans ma poitrine – féroce, audacieuse et provocante.

Ensemble, Nox et moi allions découvrir qui était derrière tout cela et, comme le petit bouc de l'enfer l'avait dit si succinctement, nous jetterions à terre notre ennemi.

~

— Chérie, je ne veux pas t'alarmer, mais je pense que tu as de la compagnie.

Francis s'assit bien droite dans son fauteuil, les yeux écarquillés et fixés près de mes pieds. Je baissai le regard vers Béhémoth, qui trottait à mes côtés, puis le remontai vers Francis.

— Tu peux le voir ?

Je fus prise d'excitation. Rory avait-elle réellement fait lever le Voile pour mon amie ?

— Si tu me demandes si je vois une chèvre noire avec des cornes dorées, alors oui.

Elle parla d'un ton réservé et s'efforçait de se lever de sa chaise.

— Oui ! C'est Béhémoth. C'est un bouc des enfers.

Francis cessa de bouger.

— Un bouc des enfers ? Tu veux dire... Tu veux dire que je peux voir une chose magique ?

Je souris en hochant la tête.

— Rory est dehors, tu devrais pouvoir la voir aussi.

Elle poussa un petit cri tout en battant des mains, s'attirant quelques grimaces de la part des autres résidents dans la salle de loisirs de la maison de retraite.

— Allons-y.

Nous nous dirigeâmes vers les jardins. J'avais appelé Rory depuis la voiture et lui avais demandé si on pouvait faire du sport. Une énergie fraîche me parcourait maintenant, la lie de ma tristesse remplacée par une agitation brûlante, et une séance d'entraînement était exactement ce dont j'avais besoin.

— Alors, tu viens de l'enfer ? C'est comment ? Est-ce que c'est chaud ? Et plein de lave ? Et de monstres ? Tu seras là pour combien de temps ?

Francis décochait un tir nourri de questions à Béhémoth, qui caracolait un peu plus élégamment que d'habitude et secouait sa tête poilue à chaque fois qu'il lui répondait.

Il aimait qu'on lui porte de l'attention.

Comme j'essayais de m'empêcher d'écouter ses réponses, je compris pourquoi je ne lui avais moi-même pas posé beaucoup de questions. Je ne voulais rien savoir à propos de l'enfer. J'évitais de penser au fait que l'homme dont je tombais amoureuse était le satané diable, et qu'être avec lui signifierait vivre en enfer.

— Mon père était un ange d'Espoir ou de Joie, dis-je brusquement, coupant la diatribe de Béhémoth.

Francis venait de s'asseoir sur le banc du jardin et leva les yeux vers moi.

— D'Espoir ou de Joie ?

— Oui.

— Ton père était un saint ?

Je me retournai à la voix de Rory. Elle venait juste de nous rejoindre, vêtue d'un pantalon de yoga et d'un haut court.

Francis couina, puis bondit de son banc, tendant la main.

— Bonjour !

Rory fronça les sourcils, inclina la tête, soupira et lui prit la main.

— Salut.

— Merci d'avoir levé le Voile pour elle, dis-je.

Rory haussa les épaules.

— Peu importe.

— Une pixie et une chèvre des enfers, tout ça en une seule journée, rayonna Francis.

— Attends que je te ramène au club Aphrodite pour que tu puisses voir tous les gens magiques, la taquinai-je.

Son visage s'illumina, et je regrettai aussitôt ces paroles. Elle allait vraiment me forcer à l'emmener là-bas.

— Beth, tu sais que tu as de petites ailes dorées ?

— Oui. Elles viennent du pouvoir de Nox.

— Oh, le pouvoir sexuel ?

Je rougis quand Rory et Béhémoth me dévisagèrent.

— Oui, lui sifflai-je.

— Que pense-t-il du fait que ton père soit un ange d'Espoir ou de Joie ? C'est un peu différent de son pouvoir à lui, n'est-ce pas ?

Rory émit un grognement.

— Les saints et les déchus, c'est comme des bananes et du bacon. Ils ne vont pas ensemble.

Je ressentis un éclair de colère à ses mots – le même sentiment que j'éprouvais chaque fois que quelqu'un suggérait que Nox et moi ne pouvions pas être ensemble.

— L'ange, c'est mon père, pas moi. Quoi qu'il en soit, Nox et mon père s'entendraient très bien.

Je ne savais pas du tout si c'était vrai. Ma mère catholique stricte s'évanouirait probablement si elle savait que j'avais couché avec le diable. Un seul coup d'œil à son sourire salace, et elle perdrait les pédales. Papa, en revanche, aimait tout le monde.

L'espoir féroce qu'ils étaient encore en vie quelque part, et qu'ils pourraient effectivement rencontrer Nox un jour, déferla en moi. *De l'espoir.* Cette émotion déclencha quelque chose de nouveau en moi. L'idée que papa soit un ange de l'Espoir me semblait plus probable que la Joie. Il ne m'avait peut-être pas transmis son pouvoir d'ange, mais il m'avait élevée dans beaucoup d'espoir, et j'avais un peu l'impression de le connaître vraiment pour la première fois.

Je regardai tour à tour Rory et Francis.

— On pense que quelqu'un enlève de bons anges depuis des années. Peut-être pour donner l'impression que Nox provoque le déséquilibre entre le bien et le mal dans le monde.

Rory haussa les sourcils, les lèvres pincées à cette idée.

— Tu sais, ce n'est pas con.

Je hochai la tête.

— Mes parents ont disparu il y a cinq ans.

— Pourquoi auraient-ils pris ta mère, si elle est humaine ? demanda Francis.

— Je ne sais pas.

Je me sentis envahie par la peur à l'idée que maman soit une question en suspens, et je chassai cette pensée, me raccrochant à ma nouvelle détermination.

— Mais cela signifie qu'on pourrait aussi retrouver

mes parents, si on découvre qui essaie d'empêcher Nox de récupérer son pouvoir.

— Tu as de nouvelles pistes ?

— Seulement Béhémoth ici présent. S'il décide qu'on dit la vérité et que je suis une bonne personne, alors on sera plus près de trouver le livre.

— Comment ça ?

Je racontai à Francis notre visite au musée d'histoire naturelle, pourquoi je m'étais retrouvée avec un bouc des enfers, et le meurtre de Madaleine.

— Ah, mince. On dirait que ça devient le bazar, déclara-t-elle.

— Ouais. Et on a toujours aucune piste sur l'Envie ou l'Orgueil.

Francis poussa un soupir et regarda Béhémoth.

— Tu sais quelque chose qui pourrait aider Beth ?

La chèvre cligna des yeux.

— Je ne suis pas là pour aider.

— Ce n'est pas très gentil.

Il gazouilla.

— Je ne suis pas censé être gentil. Je suis une magnifique bête infernale.

— Ça n'empêche pas d'être gentil.

— Francis, l'interrompis-je. S'il te plaît, ne l'énerve pas. J'ai besoin qu'il m'aime, tu te souviens ?

Elle croisa les bras et regarda la chèvre de côté.

— Bon, d'accord. Vu combien tu es magnifique, je vais retirer ce que j'ai dit.

Béhémoth sauta sur le banc à côté d'elle, et elle sursauta de surprise.

— Si tu tiens à savoir, j'ai passé un moment dans la pierre. Je ne sais pas grand-chose d'utile. J'ai des opinions, mais je ne suis pas censé les partager.

— Pourquoi pas ?

— Elles sont destinées à ma maîtresse, et elle seule.

Il y avait de la fierté dans sa voix mentale, et je sautai sur l'occasion pour adoucir la petite chèvre.

— Elle est magnifique aussi, dis-je.

Il hocha sa tête aux cornes dorées.

— Et puissante.

— Sait-elle où sont les autres péchés ?

— Non, dit-il avant de plisser les yeux. Je n'étais probablement pas censé dire ça.

Francis tendit la main et lui tapota la tête. Il se figea un instant, les taches dorées de sa fourrure s'illuminant d'une étrange lueur. Francis se figea également, une expression de peur mêlée de ravissement sur la figure.

Quand elle bougea à nouveau sa main, avec hésitation, Béhémoth se détendit, et la lueur s'estompa.

— Je vais te permettre de me toucher, mais tu devrais savoir qu'il est plus courtois de demander d'abord.

Francis continua à le caresser et il se pencha plus près d'elle.

— Pigé, dit-elle.

Rory et moi nous entrainâmes pendant près d'une heure avant que je ne manque d'énergie. Ça faisait du bien de concentrer mes frustrations sur quelque chose de physique.

Je m'améliorais aussi, prenant Rory par surprise plus souvent qu'au début. J'imagine que le vieil adage est vrai : c'est en faisant qu'on apprend. Si j'y passais des heures chaque jour, je finirais par être capable de me défendre. Enfin pour une humaine, du moins. Un ennemi magique serait toujours au-delà de mes capacités.

La chaleur gonfla dans ma poitrine, et je fronçai les sourcils. Est-ce que le pouvoir me rappelait sa présence ?

— Béhémoth, quel genre de magie ta pierre peut-elle amplifier ?

— N'importe quelle magie infernale, répondit-il d'un air endormi.

Francis le frottait maintenant sous le menton, et ses yeux étaient mi-clos.

— C'est quelle sorte de magie, la magie infernale ?

— Il y en a de toutes sortes, mais la plus commune est liée au feu.

— Rory, tu penses que je pourrais utiliser la magie du feu ?

Elle jeta un coup d'œil à mes ailes, puis haussa les épaules.

— Peut-être. Mais tu devrais demander à Nox. Je ne fais pas de feu, donc je ne peux pas t'aider.

Claude nous attendait devant la maison de retraite. Francis émit un petit couinement et se redressa tout en marchant.

— Le chauffeur séduisant est là, me chuchota-t-elle à haute voix.

Je n'aurais pas décrit Claude comme un tombeur, mais pour quelqu'un d'aussi vieux, il se débrouillait bien. Et il avait des yeux gentils.

— Bonjour, nous dit-il à notre arrivée, en inclinant sa casquette.

— Et bonne journée à vous ! s'écria Francis.

Claude eut l'air un peu alarmé quand elle se précipita vers lui pour l'embrasser sur la joue.

— On se voit bientôt, Francis. N'oublie pas, si tu vois quelque chose de magique dans la maison, ne réagis pas, dis-je.

— J'ai compris. Ne pas réagir.

Rory secoua la tête.

— Si tu le fais, tu me feras renvoyer.

Francis lui lança un regard consterné.

— Je ne voudrais pas : tu as été si gentille avec moi ! Je jure que j'aurai l'air le plus impassible qu'on ait jamais vu, peu importe le genre de bête magique que je verrai.

— Je ne pense pas qu'il y ait des bêtes magiques dans la maison de retraite.

— C'est ce que tu penses. Je parie qu'Ethel est une bête magique.

— Ethel est juste folle.

— Non. Attends voir. Je vais y retourner et elle sera couverte de fourrure, et aura des ailes, et...

— Au revoir, Francis.

Rory l'interrompit en pleine diatribe, se tournant pour marcher vers la rue et la voiture de Claude.

— Au revoir ! lança Francis en lui faisant un signe de la main avec enthousiasme.

— On se voit bientôt, lui dis-je.

Et Claude, Béhémoth et moi suivîmes la pixie.

Rory monta à l'avant de la voiture avec Claude, me laissant à l'arrière avec Béhémoth.

— Tu sais, toi et Lucifer êtes vraiment très intéressants, déclara la petite chèvre.

— Hmmm.

— Je ne connais pas tous les faits. Mais j'aimerais.

Plus Béhémoth parlait, plus j'avais l'occasion d'apprendre quelque chose. De plus, j'avais besoin de lui pour convaincre Techa que j'étais une bonne personne, ce qui signifiait être honnête avec lui.

— D'accord. Que veux-tu savoir ?

— Voilà ce dont je suis déjà sûr. Lucifer a donné le pouvoir des péchés qu'il ne voulait pas, ce qui l'a affaibli. Maintenant, il veut les récupérer, et quelqu'un essaie de l'arrêter, mais vous ne savez pas qui.

— Eh bien, on sait que Banks essaie de l'arrêter, mais c'est juste un fou. On ne sait pas qui est derrière le vol de son livre. Mais ta maîtresse oui.

Béhémoth secoua la tête.

— Non. Elle ne sait pas qui est derrière tout ça, seulement qu'un métamorphe obséquieux le lui a vendu.

Il se figea, réalisant qu'il en avait trop dit. Encore.

— S'il te plaît, ne lui dis pas que je t'ai dit cela.

Je lui souris.

— Je suis une tombe. Ce métamorphe obséquieux s'appelait Max. Il a essayé de me tuer. Nox l'a attrapé, mais celui qui l'a payé pour voler le livre lui a lancé un sortilège. Tu me dis à qui Techa a revendu le livre ? demandai-je avec espoir.

Béhémoth laissa échapper son gazouillis.

— Ma vie ne vaudrait pas la peine d'être vécue.

— Alors, comment un bouc des enfers devient-il le compagnon d'un génie vertueux ?

— Elle m'a attaché à ma pierre. Je lui appartiens.

— Est-ce que ça te dérange ?

— Non. L'enfer est un endroit étrange, et j'en avais marre. Très peu de créatures de l'enfer ont l'occasion de passer du temps librement dans votre monde. Et laisse-moi te dire que c'est un monde génial.

— Ouais. C'est pas mal.

Je laissai échapper un long soupir.

— C'est la partie qui me manque, dit-il de sa douce voix dans ma tête. Pourquoi Lucifer veut-il retourner en enfer, alors qu'il veut clairement être avec toi ? L'enfer ne te plairait pas.

— C'est là que réside le problème, marmonnai-je. Il est maudit. Tant qu'il ignore son véritable rôle de punisseur des pécheurs, il est privé de... trucs. De trucs importants.

La chèvre cligna des paupières.

— Quels trucs ?

Je fermai les yeux. Nox me tuerait probablement si je le lui disais. Mais nous avions besoin de ce livre, et la meilleure façon de l'obtenir était de convaincre Techa qu'il était dans l'intérêt de tous que Nox récupère son pouvoir. Et de croire en ses raisons de le faire.

— Le sexe. On ne peut pas être ensemble physiquement tant qu'il est maudit. Enfin, on peut, mais cela finira par le tuer.

— Oh. C'est malheureux.

— Ouais.

— Pourriez-vous être ensemble et ne pas avoir de relations sexuelles ?

— Peut-être.

Non. Il était irrésistible, bon sang.

— Mais même si on voulait essayer, Examinus a clairement fait savoir qu'il voulait que Nox retrouve son pouvoir. De plus, quelqu'un est après lui. Et je veux retrouver mes parents, ce qui pourrait bien être lié au reste. Notre seule solution, c'est vraiment de récupérer son pouvoir et de lever la malédiction. Il faudra qu'on règle tout le problème de la vie en enfer plus tard.

— Hmmm. Je n'envie pas ta situation. Cependant, il est excitant que tu aies trouvé quelqu'un pour qui tu éprouves des sentiments si passionnels. Tout le monde n'a pas cette chance.

— Tu sais, c'est vrai. J'aime ton optimisme.

Ce petit bouc insolent se révélait être de bonne compagnie.

— La dame en colère du musée avait également de la chance.

Je levai les yeux vers lui.

— Quoi ?

— Elle avait trouvé quelqu'un pour qui elle éprouvait des sentiments passionnels. Je suis envieux.

— Comment sais-tu ça ?

— J'ai pu le sentir.

— Je pense que j'ai pu aussi, dis-je en sentant un frisson d'excitation.

Je ne savais pas si c'était le pouvoir de la Luxure ou juste de l'intuition, mais j'avais été sûre qu'il se passait plus de choses avec Cornu qu'elle ne le laissait entendre.

— Le démon cornu était un être infernal, et je suis très en phase avec eux, étant donné que je viens de l'enfer aussi.

— Tu pouvais savoir ce qu'il ressentait ?

— Je pouvais sentir qu'il était très fier d'appartenir à l'ange colérique.

— Et elle ?

— Elle le protégeait. Elle avait aussi de la magie infernale, mais elle était très forte. Il m'est beaucoup plus difficile de lire quelqu'un d'aussi puissant.

Protectrice. Elle avait été peut-être simplement protectrice parce qu'elle voulait garder son jouet pour elle. Mais aurait-elle pu être protectrice parce qu'elle l'aimait ?

— Claude ? On peut aller à Shoreditch, s'il vous plaît ?

Rory se pencha vers l'ouverture et me regarda.

— Qu'y a-t-il à Shoreditch ?

— Je pense qu'il y avait plus dans la relation entre Madaleine et Cornu qu'elle ne le laissait entendre. Et ils ne l'ont jamais retrouvé.

Rory haussa un sourcil.

— Tu penses qu'il pourrait savoir où se trouve la page ?

— Peut-être. Si elle lui faisait vraiment confiance, il pourrait savoir quelque chose.

Elle soutint mon regard un moment, puis hocha la tête.

— Cela vaut la peine d'être investigué. Je dirai à Nox où on va.

QUATORZE

BETH

Je me rappelai seulement en arrivant chez Madaleine que je n'avais pas de pouvoirs magiques pour déverrouiller les portes, contrairement au diable.

— Merde, Rory, tu peux franchir les portes verrouillées ?

Elle me décocha un de ses regards qui disait : « évidemment ! », et des volutes d'un rose scintillant jaillirent de sa main et filèrent dans le trou de la serrure de la porte noire en haut de l'escalier.

— C'est cool, dis-je.

Rory ne répondit pas, mais j'étais sûre que son visage s'était légèrement adouci. La porte cliqua, et nous entrâmes, Béhémoth trottant derrière nous. Je montai aussitôt les escaliers.

Si j'étais amoureuse d'un mec et que je ne voulais pas que ça se sache, il y avait deux endroits où j'aurais caché mon secret. D'abord, sur mon téléphone. Deuxièmement, sous mon oreiller.

Nous n'avions pas son téléphone, donc son oreiller était ma deuxième meilleure option.

La chambre avait une odeur un peu plus fade que la veille, et je ressentis à nouveau ce sentiment inconfortable de deuil. Madaleine avait été si forte. À l'idée de celui qui avait été assez puissant pour l'assassiner si brutalement, je sentis la terreur m'envahir, et je me précipitai vers le lit.

— Bingo.

Là, sous l'oreiller, se trouvait un petit carnet en cuir. Je m'assis sur le bord du lit juste au moment où Rory entrait dans la chambre.

— Bien, dit-elle en haussant un sourcil alors qu'elle regardait autour d'elle dans la pièce sombre. Tu as trouvé quelque chose ?

— Ouais, peut-être.

Ravalant une fois de plus mon impression d'envahir l'intimité de quelqu'un, j'ouvris le livre. C'était plein de photos. De photos et de croquis. Je tournai les pages lentement, inspectant chaque image.

Beaucoup étaient des lieux, et je me demandai s'il s'agissait d'une sorte de carnet de voyage. Je reconnus le Taj Mahal, les pyramides de Gizeh, le Colisée de Rome. Les premières images semblaient plus anciennes, plus fanées. Madaleine apparaissait sur quelques-unes, souriant rarement, toujours féroce et vêtue de blanc. Au fil des pages, je commençai à reconnaitre une habitude. Au début, je les avais pris pour des griffonnages, mais je réalisai que les dessins s'inspiraient tous de l'architecture de la photo correspondante. Certaines images représentaient de la nourriture, et des statues ou des œuvres d'art.

Je tournai une page et m'arrêtai. Cornu. Debout à côté d'elle. Son sourire, pas prédateur ou méchant, mais réel. Et le sien aussi. Ils étaient ensemble en haut de l'Empire State Building.

— Il est là. Dans le livre, murmurai-je.

Je continuai à feuilleter. Il y avait quatre photos d'eux ensemble à Londres. Et deux étaient prises au même endroit.

— Il faut qu'on aille au Ritz, dis-je.

Il y avait une file d'attente pour entrer dans le restaurant lorsque nous arrivâmes à l'emblématique hôtel londonien près d'une heure plus tard. Je n'étais pas préparée à la foule et, pendant que nous attendions, je me concentrai sur le fait d'émousser mon sens accru de ce que tout le monde ressentait autour de moi. Le type derrière moi avait faim, et la dame devant moi avait des pensées sexy à propos de quelqu'un qu'elle n'aurait pas dû.

— C'est un cauchemar, marmonnai-je en fermant les yeux et en me frottant les tempes. Je ne sais pas comment Nox fait ça tout le temps.

J'ouvris les yeux et m'interrompis. Quelqu'un se tenait au coin du bâtiment, en pardessus beige, avec une écharpe qui lui mangeait le visage. Mes jambes se mirent en branle avant que je puisse les arrêter.

— Garde notre place dans la file, criai-je à Rory.

Puis je courus vers l'endroit où la silhouette s'était esquivée au coin de la rue. Dérapant au virage, je ne vis plus personne portant un manteau de cette couleur. Il y avait beaucoup de touristes et de navetteurs, qui regardaient presque tous leurs téléphones portables, mais je ne vis aucun signe de la personne que j'avais poursuivie.

— Merde, marmonnai-je.

— Après qui courais-tu ?

Je regardai Béhémoth. Je n'avais pas réalisé qu'il viendrait avec moi.

— Je pense qu'on nous suit.

— Oh. Dans ce cas, je serai à l'affût. Je suis un excellent bouc de garde.

— Merci, Béhémoth.

Je retournai à la file d'attente pour le Ritz, où Rory se tenait les bras croisés.

— Encore le pardessus ? demanda-t-elle.

— Ouais. Je ne l'ai pas attrapé. Probablement rien.

J'essayai d'avoir l'air désinvolte, mais j'étais sûre qu'il y avait quelque chose maintenant.

— Hum.

Nous restâmes silencieux pendant encore cinq minutes, et je me demandai si la personne qui me suivait était un ami ou un ennemi. Cela pouvait être le meurtrier de Madaleine. Si cette personne avait voulu me faire du mal, elle serait sûrement passée à l'acte, maintenant ? Mais, d'un autre côté, je ne l'avais jamais vue quand Nox était avec moi. Peut-être qu'elle attendait de pouvoir me faire du mal et ne m'avait pas encore vue seule. Un sentiment de vulnérabilité commença à s'infiltrer en moi, et le pouvoir s'embrasa dans ma poitrine. J'avais besoin de travailler pour pouvoir me défendre, pas de penser à la peur.

— Tu respires difficilement.

La voix de Nox me fit sursauter et je ressentis une bouffée de bonheur quand son aura familière m'envahit.

— Salut, dis-je en me retournant pour le voir. Tu peux m'apprendre à faire de la magie du feu ?

Sa bouche se tordit en un sourire.

— Y a-t-il un côté destructeur chez toi que je n'ai pas encore vu, Miss Abbott ?

— Il y a un côté de moi qui ne veut pas se faire tuer, répondis-je, ce qui fit disparaitre son air enjoué. En fait, tous les côtés de moi ne veulent pas se faire tuer.

— On essaiera dès qu'on le pourra, déclara-t-il.

— Super.

— Alors. Tu penses que, Madaleine et Cornu, c'était du sérieux ? me demanda Nox alors que la file avançait.

— Oui.

— Et tu penses que tu pourrais le trouver ici ?

— Non, sans doute pas maintenant. Mais je pense qu'on peut lui laisser un message ici. J'en ai aussi laissé un chez elle.

— Pour dire quoi ?

— Que je sais qu'il l'aimait et qu'on veut venger sa mort, et qu'il devrait nous aider.

Nox me regarda fixement.

— Et tu penses que ça marchera ?

— S'il l'aimait, oui. Il sera en deuil et en colère. Il

voudra faire tout son possible pour faire payer le coupable, et tu es son meilleur atout.

Nox plissa son beau visage.

— Dit comme ça, c'est parfaitement logique. Je n'aurais jamais pensé à juste... demander.

— Tu aurais fait quoi... Tu l'aurais défoncé ?

— Peut-être. C'est une créature infernale. Je suis son suzerain. Il doit faire ce que je lui ordonne.

Je secouai ma tête.

— Suzerain ? On dirait un truc de livre d'histoire.

— Appelle ça comme tu veux. Je suis l'être le plus puissant en enfer, à l'exception des dieux. Il m'appartient.

— Eh bien, si j'ai raison, il vient de perdre la femme qu'il aime. Alors peut-être qu'on pourrait ne pas être des connards ?

Les yeux de Nox se durcirent, éclairés par une lumière scintillante.

— Je frappe généralement ceux qui me traitent de connard, déclara-t-il. Vous me testez, Miss Abbott.

Je savais qu'il me taquinait, mais il dégageait une impression suffisante de danger funeste pour que mon estomac fasse des sauts périlleux.

— Châtiez tant que vous voulez, monsieur le diable, dis-je.

Je le regrettai instantanément quand des images de lui en train de me renverser sur ses genoux, totalement nue, m'envahirent la tête.

Je sentis mon visage chauffer et déglutis.

Je fus sauvée par le couple devant nous, qu'on fit entrer dans le restaurant, et par le maître d'hôtel qui nous sourit. Il jeta un coup d'œil à Nox et rosit du bout de ses oreilles.

— Monsieur. Nox, monsieur, je suis désolé de vous avoir fait attendre, je pensais que vous saviez que vous pouviez nous téléphoner pour réserver...

Nox leva la main et coupa le type.

— C'est bon. Avez-vous une table pour trois ?

Le maître d'hôtel baissa nerveusement les yeux sur son iPad.

— Pour vous, monsieur, bien sûr. Donnez-moi quelques instants.

Il partit vivement, revenant à peine soixante secondes plus tard.

— Si vous voulez bien me suivre, s'il vous plaît.

La pièce dans laquelle nous entrâmes ressemblait exactement aux photos du journal de Madaleine. Les lieux étaient facilement reconnaissables à tous ceux qui lisaient les magazines londoniens, comme moi. Mon amour pour la nourriture m'avait conduite pendant des années à me délecter des critiques gastronomiques comme de pornographie.

Un frisson d'excitation me prit quand nous fûmes assis près du mur du fond, qui était un carrelage de miroirs vintage. J'avais toujours voulu manger au Ritz.

— Eh bien, vu que nous sommes ici, qu'est-ce que tu voudrais ? demanda Nox quand le serveur nous remit les menus.

— On est censés laisser un mot à Cornu, protestai-je assez mollement.

J'avais déjà écrit ma note, une copie conforme de

celle que j'avais laissée chez Madaleine, et je regardai autour de moi, essayant de trouver un endroit où je pourrais la mettre pour que Cornu puisse la trouver s'il venait ici. Et j'étais sûre qu'il le ferait. Il y avait deux photos d'eux ensemble ici, ce lieu devait avec une signification particulière pour eux, d'une certaine manière.

Le problème était de la cacher à un endroit où lui seul la trouverait... Je ne voulais pas que quelqu'un d'autre la ramasse.

— Nox, peux-tu faire quelque chose de magique sur la note pour que seul Cornu puisse la voir ?

— Non, mais je peux faire en sorte qu'elle soit visible uniquement aux yeux des créatures infernales.

Combien d'autres démons passeraient au restaurant du Ritz dans les prochains jours ?

— Je pense que ça va marcher.

Je sortis de la Patafix de mon sac à main, et quand je fus certaine que personne ne regardait, je me penchai et collai l'enveloppe avec le nom de Cornu sur le mur en miroir. Nox agita la main. Des ombres chuchotèrent de nulle part et tourbillonnèrent autour du bout de papier.

— C'est fait, dit Nox. Je demanderai aussi au maître d'hôtel de me faire savoir si des démons passent.

— Il est magique ?

Nox me jeta un coup d'œil.

— C'est le Ritz. Bien sûr qu'il y a de la magie ici.

Nous prîmes le thé avec des petits gâteaux, et du champagne au lieu du thé. Je fis passer de la nourriture en douce sous la table pour Béhémoth, Rory sourit pour de vrai à une de mes blagues, et, pendant une heure de bonheur, j'eus un autre aperçu de ce à quoi aurait pu ressembler la vie avec Nox, si les gens avaient cessé de mourir autour de nous.

C'était ce que je voulais, réalisai-je en regardant subrepticement Nox. Comment pouvait-il avoir l'air si gracieux en mangeant un scone ? Je l'ignorais. Mais l'idée qu'il n'en sentait pas le goût me laissait une impression amère dans le ventre. Il n'était pas entier.

J'aurais fait n'importe quoi pour qu'il soit heureux. Et c'était quelque chose que je n'avais jamais vraiment ressenti auparavant. Certainement pas avec la même force que maintenant.

Je ne voulais pas qu'il vive en enfer ou qu'il fasse le travail qu'il détestait tant. Mais il ne pouvait pas non plus vivre comme ça. Maudit.

— Ça va ? demanda-t-il de sa voix basse, en me regardant – et je hochai la tête. Tu es sûre ? Tu es devenue silencieuse.

— Oui. Béhémoth et Rory ont dit que ça pourrait te poser un problème, cette histoire de saint.

Son expression se referma.

— Ce n'est pas plus un problème qu'avant. Tu ne peux pas vivre en enfer. Cela n'a pas changé.

La colère bouillonnait dans ma poitrine, comme à chaque fois que je pensais au fait de ne pas être avec lui.

Ses lèvres s'entrouvrirent en un petit sourire.

— Je peux te sentir. Je veux dire, mon pouvoir en toi, qui réagit.

— Vraiment ?

— Oui. L'idée qu'on soit séparés te met en colère.

— Oui.

Il se pencha en avant et m'embrassa. Rien d'extraordinaire. Mais cela embrasa quand même tous les nerfs de mon corps.

— On verra si tu peux utiliser une partie de ce pouvoir dès demain.

L'excitation jaillit en moi.

— J'ai hâte !

— Bien.

Le téléphone de Nox sonna, et il le ramassa, balayant un message de regard.

— Je dois aller au bureau.

— Je dois retourner chez moi pour trier des affaires et ramasser des vêtements, mais...

Je me tus, ne sachant pas comment parler de l'endroit où j'allais passer cette nuit-là. Je ne voulais pas supposer qu'il voudrait de moi dans sa chambre d'amis indéfiniment, mais c'était en quelque sorte devenu la norme.

— Appelle juste Claude quand tu as fini, et il viendra te chercher et t'amènera chez moi.

QUINZE

BETH

Il me fallut quelques heures pour passer l'aspirateur et nettoyer mon appartement, et préparer un nouveau sac de vêtements. J'aimais bien cet endroit, mais il faisait assez pâle figure par rapport à chez Nox. Je tapotai le comptoir de la cuisine d'un air coupable. Cet appartement avait été une bouée de sauvetage pour moi quand j'étais arrivée en Angleterre, et me semblait étrangement vide, maintenant.

Béhémoth, qui m'avait suivi pendant tout le temps que j'avais fait le ménage, me régalant d'histoires de ses formidables exploits en enfer, pépia bruyamment alors que je ramassais mon sac de voyage.

— Ma maîtresse appelle, dit-il. Je suppose qu'elle aimerait un rapport.

La nervosité me fit palpiter le ventre.

— Je dois retourner à la pierre et te la confier : protège-la et garde-la avec toi jusqu'à ce que je sois autorisé à revenir et à te donner le verdict.

Je déglutis

— D'accord.

Je sortis la pierre en forme d'œuf de mon sac, et celle-ci chauffa dans mes mains.

— Adieu pour l'instant, déclara Béhémoth

Puis il disparut dans une bouffée de lumière violet foncé. La pierre brûla pendant une seconde, et je faillis la laisser tomber, avant qu'elle ne refroidisse.

Priant pour avoir de bonnes nouvelles, je rangeai la pierre et soulevai mon sac sur mon épaule. J'avais déjà hâte d'être de retour dans le manoir de Grosvenor Road.

Le soleil était tombé rapidement, les ombres des immeubles engloutissant la majeure partie de la lumière alors que je descendais les escaliers de secours et que je me tournais vers la maison de retraite. J'avais quelques DVD dans mon sac à donner à Francis, et je pourrais m'asseoir avec elle en attendant Claude. J'avais secrètement envie de savoir s'il y avait *vraiment* des bêtes magiques à Lavender Oaks. Francis n'avait pas tort : Ethel était un peu bizarre.

Une légère odeur attira mon attention. Du soufre. Je me figeai en inspirant fort. Les chiens des enfers sentaient le soufre.

Sans doute, c'était le fruit de mon imagination.

— Miss Abbott.

Mon cœur cogna contre mes côtes, et je fis volte-face à la voix.

— Banks ?

Il n'y avait personne.

— Vous avez vraiment foutu en l'air mon plan, vous savez ?

— Où êtes-vous ?

Banks était puissant. Je n'avais pas de magie, et Rory et Nox n'étaient pas là. Mon pouls accélérait, l'adrénaline faisant transpirer ma peau instantanément.

Je continuai à tourner en cercle, lentement, scrutant partout avec les yeux, à la recherche de tout signe de mouvement.

Du feu jaillit au bord de l'immeuble le plus proche.

La raison se fraya un chemin à travers ma panique, et je sortis mon téléphone portable de la poche de mon legging.

Avant que je ne puisse le déverrouiller, il vola de mes mains avec un douloureux choc électrique. Le pouvoir de Nox en moi répondit à la magie et se réveilla en s'embrasant.

Bats-toi ! Gagne !

L'envie de me défendre, de punir cet homme qui avait essayé de s'en prendre à Nox et de me tuer, m'envahit.

— Lâche !

Je hurlai ce mot avant de pouvoir m'en empêcher. Le chatoiement au bord du bâtiment en briques s'enflamma, et une énorme bête sortit de l'ombre.

Un chien des enfers. Flamboyant et grinçant des mâchoires, il s'approcha à pas lents de moi. Une silhouette apparut derrière elle, illuminée par le feu.

Banks.

Il était vêtu d'un long trench-coat noir, et un chaume rugueux et sombre à ses joues le faisait paraître radicalement différent de l'officier de justice impeccable que j'avais rencontré la première fois.

— Où est la Wardienne que vous avez emmenée ?

Je ne reculai pas, essayant de fixer Banks plutôt que le chien enflammé qui se rapprochait de moi à chaque seconde.

— Cheryl ? Ne t'inquiète pas pour Cheryl, dit-il en haussant les épaules.

— Comment contrôlez-vous les chiens des enfers ?

— Et pourquoi est-ce que je vous le dirais ? Je suis là parce que vous avez quelque chose que je veux.

Je fronçai les sourcils.

— Je n'ai rien.

— Ce n'est pas vrai. Vous avez Nox.

～

— Pourquoi voulez-vous Nox ?

La peur me dégoulinait le long de la colonne vertébrale à mesure que la chaleur du chien des enfers me léchait la peau, mais plutôt que de m'immobiliser, cette terreur me fit bouger les pieds.

Je reculai, consciente que je m'éloignais de mon appartement, mais que je n'avais pas tellement le choix.

Banks suivit le chien, la lumière du feu faisant danser des ombres menaçantes sur son visage.

— Mes affaires ne sont pas les vôtres. Maintenant, si

vous voulez bien venir avec moi, vous pourrez découvrir par vous-même comment va Cheryl.

Le molosse grogna et baissa les épaules. Un lent sourire se dessina sur le visage de Banks.

Mon esprit s'emballa, cherchant désespérément une issue. Je n'avais pas de téléphone portable. Nox n'était pas là. Est-ce que quelqu'un m'entendrait si je criais ? Cela pourrait attirer l'attention des autres résidents, mais est-ce que cela m'aiderait ? Et si quelqu'un d'autre était blessé à cause de moi ? Il était peu probable que je partage un domaine résidentiel avec quelqu'un capable de combattre un chien des enfers.

La bête bondit.

Je me jetai sur le côté et me lançai dans un sprint. Je ne regardai même pas dans quelle direction j'allais, me contentant de propulser mes jambes aussi vite qu'elles pouvaient bouger. Mais la créature était énorme, sa cadence bien supérieure à la mienne. De la chaleur me brûla le dos, et je virai brusquement entre deux immeubles. Il y eut un léger cri et un bruit sourd, mais je ne m'arrêtai pas pour voir ce qui s'était passé.

Peut-être que, si je pouvais atteindre la route principale, où il y avait simplement trop de voitures et de gens pour que Banks et le molosse puissent les ignorer, je serais en sécurité. Je courus, priant pour distancer la bête, par miracle.

Un rire bruyant résonna dans mes oreilles, et une explosion de lumière me fit déraper jusqu'à m'arrêter. Banks sortit de l'air étincelant devant moi, pendant que je clignais des yeux sous l'effet de la panique.

Tournant sur mon talon, je vis le chien des enfers derrière moi. J'étais prise au piège.

— Nox me trouvera, et il tiendra sa promesse, grognai-je. Il va vous déchirer membre par membre.

Une lueur cruelle brillait dans les yeux de Banks. Il ouvrit la bouche pour parler, mais alors, son expression changea, et le choc métamorphosa ses traits. Ses yeux se pétrifièrent, et il s'effondra au sol. Il y eut un grondement derrière moi, et je me retournai pour voir pétiller de la lumière verte, puis le chien des enfers s'effondra également.

— Nous avons quelques secondes avant qu'ils ne reviennent. Tu dois aller dans un endroit sûr, déclara une voix de femme, avant que sa propriétaire ne sorte de l'ombre du bâtiment le plus proche.

Elle portait un pardessus beige et tenait une petite arbalète émettant une auréole de lumière verte.

Tous les muscles de mon corps se figèrent, tandis que mon estomac se retourna.

— Maman.

SEIZE

BETH

— D
ans un endroit sûr, Bethany. Maintenant.

Mais mon cerveau était bloqué. Mes yeux coururent à plusieurs reprises sur son visage dans l'obscurité, scrutant chaque détail.

Pendant des années, j'avais cru qu'elle était morte. J'avais pleuré pour elle. Et puis, l'espoir m'avait donné le plus infime sentiment que je pourrais la revoir.

— Tu es là, dis-je d'une voix à peine plus forte qu'un murmure. Tu es en vie.

— Ni toi ni moi ne le serons plus longtemps quand ils se réveilleront.

Son ton sévère fit bouillonner et déferler des émotions en moi, alors que des années de souvenirs inondaient mon esprit.

— Comment ? Comment es-tu ici ?

— Bethany, nous devons aller dans un endroit sûr, maintenant !

Elle m'attrapa le bras en élevant la voix, et mon hébétude disparut suffisamment pour que je me rappelle le chien enflammé par terre, devant nous.

— La route. As-tu un téléphone ?

— Non.

— Nous hélerons un taxi.

Je lui agrippai la main, parcourue par une étrange impulsion d'énergie, puis je la tirai sur le chemin. Elle se mit à trottiner à côté de moi, puis à courir.

Il y avait des dizaines de taxis sur n'importe quelle route de Londres à tout moment et, heureusement, nous eûmes à peine à nous arrêter lorsque nous arrivâmes sur le trottoir pour en appeler un de la main. Nous regardions toutes les deux frénétiquement par-dessus nos épaules en plongeant dans la voiture et, quand je demandai au chauffeur de nous emmener à Grosvenor Street aussi vite que possible, il leva les yeux au ciel à mon attention.

— On n'est pas dans un film, ma poulette, grommela-t-il en s'engageant lentement dans la circulation.

Je regardai par la fenêtre, quand un scintillement orange brilla derrière les bâtiments de mon quartier résidentiel.

— Je paierai le double si vous pouvez nous y amener en vingt minutes.

— Quoi ? C'est un trajet de quarante minutes.

Il fronça les sourcils dans le miroir du rétroviseur.

— Le double, répétai-je. Si vous pouvez le faire en la moitié du temps.

Il me regarda longuement, puis la voiture fit une embardée.

~

Je me tournai sur mon siège, fixant la femme devant moi, des questions dégringolant les unes après les autres dans ma tête, sans que je puisse choisir la bonne.

Ma mère.

Elle n'avait pas pris une ride. Ses cheveux blonds étaient soigneusement attachés en chignon, et ses lèvres fines et ses yeux bleu clair étaient tels que dans mes souvenirs. Elle portait un pantalon noir et le pardessus beige. Elle me regardait avec la même expression que pendant toute mon enfance et la partie de ma vie d'adulte où elle avait été présente. Un air de patience sévère.

— Où étais-tu ?

Ma voix se fêla. Je vis une lueur infime passer dans ses yeux, et elle poussa un long soupir.

— Pourquoi m'as-tu suivie, et en te cachant de moi ?

— Tu ne vas pas aimer les réponses, Beth.

La colère me traversa.

— Tu penses que j'ai aimé croire que vous étiez tous les deux morts ? Où est papa ?

Cette fois, je fus certaine de voir de la douleur dans son expression.

— Je ne peux pas te le dire.

Je restai bouche bée.

— Quoi ?

— Je ne peux pas te le dire. Je sais que cela semble peu probable, mais je ne peux vraiment pas.

— Ce n'est pas possible, dis-je en inspirant profondément, et en passant mes mains sur mon visage, consciente d'être sur le point de perdre totalement le contrôle.

Si j'avais dit que j'étais bouleversée, ça n'aurait pas suffi pour définir ce que je ressentais.

— Maman, tu sors de nulle part pour me sauver d'un putain de chien des enfers, après avoir disparu pendant cinq ans. Dis-moi où est papa et qu'est-ce qui se passe !

— Il n'y a pas besoin de jurer, dit-elle, les lèvres pincées.

— Tu plaisantes ? S'il y a jamais eu un bon moment pour jurer, c'est maintenant !

Ma voix s'était suffisamment élevée pour que le chauffeur de taxi nous jette un coup d'œil par-dessus son épaule.

— Beth, calme-toi.

— Non ! Pourquoi m'as-tu quittée ?

Mes yeux brûlaient, et je sentais le contrôle m'échapper.

— Est-ce que papa est vivant ?

— Oui.

J'avalai de l'air pendant que mes larmes coulaient.

Dieu merci. Dieu merci, il était vivant. *Ils étaient tous les deux vivants.*

Le soulagement me submergea enfin, faisant exploser le barrage de choc et de panique. Des années de chagrin et d'espoirs anéantis se déversèrent dans un incroyable raz de marée d'émotion, et ma gorge libéra un sanglot. Maman tendit la main maladroitement. Elle n'avait jamais, jamais, été à l'aise avec les gestes affectueux. Mais, en cet instant, je m'en fichais. Je me jetai à son cou et laissai les larmes couler.

— Tu m'as manqué, reniflai-je contre son épaule alors qu'elle me tapotait la tête. Vous m'avez tellement manqué tous les deux. Je vous ai cherché pendant des années. Je pensais que vous étiez morts.

— Je suis tellement désolée, Beth.

Je reculai, essuyant mon visage avec mon bras.

— Où étais-tu ? Pourquoi es-tu partie ?

— Honnêtement, Beth, je ne peux pas te le dire. J'aimerais pouvoir le faire.

— Pourquoi ? Pourquoi tu ne peux pas me le dire ?

Elle me regarda, sans rien révéler avec son visage sévère.

— Je ne voulais pas partir.

— Vous avez été enlevés ?

— Oui.

— Par qui ? La même personne qui essaye d'abattre Nox ?

Sa bouche se pinça encore plus.

— Je ne pourrais même pas te dire à quel point je suis déçue par les gens que tu as choisi de fréquenter, Bethany. Je suppose que c'est là-bas que tu vas, à présent ? Rendre visite au diable ?

Elle prononça le mot « diable » comme s'il était sale.

— Maman, qui vous a enlevés, toi et papa ?

— Si tu continues à me poser les mêmes questions, je serai obligée de me répéter. Je ne peux pas te le dire.

— Tu ne peux pas, ou tu ne veux pas ?

Elle soupira à nouveau.

— Je savais que ce serait difficile. Puisque tu insistes, je vais te le prouver.

Sa voix s'épaissit à la fin de sa phrase, et elle prit une profonde inspiration.

— Notre ravisseur...

Elle tomba en avant d'un coup.

— Maman ?

Sa tête se renversa en arrière, sa peau blanche, et sa petite arbalète claqua contre le siège alors qu'elle se serrait la gorge.

La bile me monta dans la gorge lorsque je vis ce qui se passait. Sa langue se déchira sous mes yeux pour se transformer en une masse grouillante de minuscules choses ressemblant à des serpents, qui lui remplirent la bouche. De la chaleur irradia de ma poitrine sans y avoir été invitée, nous enveloppant toutes les deux, et les horribles langues de serpent ralentirent.

— Maman, dis-je à nouveau, agrippant son bras, sans savoir comment l'aider.

Tout ce que je pouvais faire, c'était la regarder essayer d'aspirer de l'air, jusqu'à ce que les serpents rétrécissent et que sa langue se reconstitue enfin.

— Maintenant, tu me crois ? s'étouffa-t-elle avant de pouvoir parler à nouveau. J'ai une malédiction qui fait perdre la langue. Tous ceux qu'ils ont enlevés ont subi le même traitement.

Je me souvins de ce qui était arrivé à la langue de Max à chaque fois qu'il avait été interrogé, et je frémis en lui frottant le dos. Elle avait passé cinq ans captive d'un monstre.

— Comment tu t'es échappée ? Attends, tu étais prisonnière au QG du Ward ? Pourquoi as-tu dit ce que tu as dit à la radio, à propos du fait que je ne devais pas te retrouver ?

Elle se raidit soudain, et l'arbalète à côté d'elle s'embrasa de lumière.

— Je n'aurais pas dû t'aider, siffla-t-elle. Je dois y aller maintenant.

— Non ! m'exclamai-je en agrippant fermement son bras, submergée par la panique. Non, je viens de te trouver, tu ne peux pas y aller !

— Il le faut.

— La note était-elle de toi ? hésitai-je, incapable de poser la question suivante. Tu as tué Madaleine ?

— Ne parle pas de ces choses, Bethany. Je dois y aller.

— S'il te plaît, maman. Au moins... Au moins, dis-moi si papa va bien ? Est-ce que je lui manque ?

Je savais que j'avais l'air d'une gamine apeurée, mais je m'en fichais.

Les yeux de ma mère s'adoucirent, sa sévérité s'estompant tandis qu'elle me serrait la main.

— Il aurait pris ma place en un clin d'œil. Tu lui as manqué tous les jours. Tout comme à moi.

De nouvelles larmes coulaient sur mes joues.

— J'ai tellement de questions, dis-je, essayant de ranger mes pensées dans n'importe quel ordre utile.

— Je suis désolée, Beth, dit-elle. Garde vivace l'Espoir de ton père.

Un éclat de lumière verte l'engloutit, et elle disparut.

DIX-SEPT

BETH

Quand nous approchâmes de la maison de Nox sur Grosvenor Street, j'étais tombée dans une sorte de transe stupéfaite. Mes larmes s'étaient arrêtées, mais j'avais été saisie par une sorte d'engourdissement. Le chauffeur n'était pas arrivé en vingt minutes, mais il avait gratté un peu plus de dix minutes. Je lui payai le supplément, puis gravis les marches jusqu'à la porte d'entrée. Mes jambes étaient lourdes comme du plomb, et ma confrontation avec Banks commençait à faire de l'effet. L'adrénaline pulsait encore dans mes veines, faisant trembler mes mains quand j'attrapai le heurtoir. Il ne me vint même pas à l'esprit d'utiliser ma nouvelle clé.

La porte s'ouvrit.

— Nox..., commençai-je.

Mais son visage s'assombrit, et il avança vers moi pour me prendre dans ses bras.

— C'est... du souffre.

Il se tendit, et de la chaleur émana de lui.

— Qu'est-ce qui s'est passé ?

— Banks. Avec son chien des enfers.

Nox me repoussa pour me regarder en face. Une colère brûlante jaillissait de son corps.

— Et... ma mère m'a sauvée. Elle a assommé Banks et le chien des enfers avec une sorte de magie verte, et maintenant... Maintenant, elle est repartie.

Je vis ses yeux s'écarquiller, puis s'adoucir.

— Entre.

Nox nous conduisit dans une pièce où je n'étais pas encore allée, à l'arrière du rez-de-chaussée de la maison. C'était un salon avec deux grands canapés en cuir blanc et un grand tapis à poils longs au milieu de la pièce. De hautes lampes art déco se trouvaient dans chaque coin, et une immense cheminée avec un manteau en marbre dominait le mur du fond. Le bois de chauffage dans l'âtre n'était pas allumé.

Il me fit asseoir sur le canapé, puis s'accroupit devant moi et riva ses yeux sur mon visage. Sa chaleur avait reflué, mais son expression était toujours sévère. Il saisit ma main dans la sienne, et une délicieuse couverture de chaleur m'enveloppa. Mon esprit s'éclaircit un peu, et l'air me sembla mieux circuler dans mes poumons.

— Dis-moi ce qui s'est passé.

— Banks attendait devant mon appartement. Il a dit qu'il voulait me prendre, pour t'atteindre. Lui et le chien des enfers m'ont prise au piège, puis ma mère a tiré sur lui et le chien avec une arbalète verte et les a assommés.

Je clignai des yeux.

— Ma mère, Nox. Ma mère.

Les larmes me remontèrent aux yeux, brûlantes, et ma gorge trembla. Mais maintenant que j'étais avec Nox, avec sa chaleur et sa sécurité comme couverture, mon esprit était assez clair pour que je puisse naviguer entre mes émotions bouleversantes. Une épiphanie me frappa enfin.

Je jetai mes bras autour de Nox, laissant les larmes couler.

— Nox, ils sont vivants ! Ils sont tous les deux vivants. Papa est un ange de l'Espoir et il est vivant.

Je me reculai, et le sourire de Nox fit gonfler ma poitrine encore plus, tandis qu'un rire m'échappait. C'était un vrai sourire, et son soulagement était évident dans ses yeux brillants.

— Je ne peux pas y croire. Je l'ai vue. J'ai vu ma mère, et ils sont tous les deux vivants.

— Dis-moi ce qu'elle t'a dit.

Je fis de mon mieux pour raconter la conversation aussi précisément que possible. Le sourire de Nox s'estompa lentement à mesure que je parlais.

— Beth... Tout cela confirmerait ta théorie à propos des saints qui auraient été enlevés. Celui qui est derrière tout cela est puissant et dangereux. Et il ne semble pas que ta mère leur ait échappé.

— Quoi ?

— Ta mère est humaine. L'arme a dû être imprégnée de la magie de quelqu'un d'autre, pour qu'une humaine puisse l'utiliser.

Je le dévisageai, essayant de comprendre ce qu'il disait.

— Alors, quelqu'un lui a donné une arme magique ?

— Oui.

— La personne qui l'a aidée à s'échapper ?

— Ou son ravisseur.

— Je ne comprends pas.

— Elle te suit, mais garde ses distances. Pourquoi ferait-elle ça ? Tu es sa fille... Elle aurait dû venir à toi tout de suite, dès qu'elle t'a retrouvée. Tu l'as entendue dire à la radio qu'elle ne voulait pas que tu la retrouves. Quelqu'un l'a rappelée avant qu'elle ne puisse t'en dire trop, dans la voiture, tout à l'heure. Rien de tout cela n'est positif.

Sa voix était douce, mais me fit l'effet de coups de couteau dans le crâne.

Il avait raison.

La maladresse affective de maman était caractéristique, mais elle m'aimait et m'avait toujours aimée. Assurément, si elle avait échappé au monstre coupeur de langue qui l'avait retenue prisonnière, elle m'aurait cherchée tout de suite, sans se cacher de moi.

— Mais elle m'aide. La lettre à propos du musée, et l'attaque de Banks...

— Je ne crois pas qu'elle se soit échappée, Beth. Je pense qu'elle a été envoyée à Londres. Probablement par son ravisseur.

— Pourquoi ?

— Elle peut t'utiliser pour m'atteindre.

— Quoi ? Non, dis-je en secouant la tête, sans comprendre. Non. C'est ma mère.

— C'est pourquoi elle a enfreint les règles et t'a sauvée de Banks, aujourd'hui. Mais Beth, elle doit avoir une mission ici, et elle est soutenue par quelqu'un doué d'une magie puissante. Ce n'est pas facile d'assommer un chien des enfers ou un ange.

— Ma mère est une bonne personne. *La meilleure.* Elle est vertueuse, désintéressée et gentille. Elle ne serait pas malhonnête ou ne travaillerait pas pour un ravisseur ou un meurtrier. Jamais.

Nox me serra fort la main.

— Que ferait-elle pour sauver ton père ?

Je le regardai. *Que ferait-elle ?*

— Je ne dis pas qu'elle est une mauvaise personne ou qu'elle ne t'aime pas. Mais on doit rester très, très prudents. Elle est le piège parfait.

La colère se mêla à ma confusion, et je retirai ma main de la sienne.

— Un piège ? Ce n'est pas un piège, c'est ma mère. Elle vient de me sauver la vie.

— Et je lui en suis éternellement reconnaissant, souffla-t-il. Beth, je te promets que je ferai tout ce qui est en mon pouvoir pour la sauver, elle et ton père. N'importe quoi.

Ses ailes se déployèrent lentement derrière lui, et une brillante lueur dorée éclaira la pièce à mesure qu'elles s'étendirent, largement, leurs plumes étincelantes.

— Qu'est-ce que tu fais ?

— Un vœu. Je suis peut-être un ange déchu, mais je suis tout de même un ange. Mon vœu est inviolable.

Il tendit de nouveau les mains et, après une seconde d'hésitation, je les pris.

Des étincelles jaillirent à ce contact, et une décharge de puissance me frappa, pendant qu'un sentiment écrasant de conviction m'agressait les sens. Un engagement véritable et débridé se déversa de lui en moi.

Il tiendrait parole. Il ferait tout ce qu'il pourrait pour sauver mes parents.

Il ne s'arrêterait pas tant qu'ils ne seraient pas en sécurité. Il serait avec moi jusqu'à la fin, quoi qu'il arrive.

Je n'étais plus seule.

— Merci, murmurai-je.

La lueur de ses ailes derrière lui était si aveuglante que son visage semblait plus sombre, à l'exception de ses yeux bleus intensément brillants. Je tendis la main, faisant courir mes doigts sur le méplat dur de sa mâchoire, si aiguisé comparé à la douceur de ses plumes dorées. Il était à couper le souffle, agenouillé devant moi. Divin.

— Je ferais n'importe quoi pour toi, Beth.

— Et moi pour toi.

Et je savais que c'était vrai. Pour nous deux.

J'aspirai de l'air, essayant de me concentrer. J'avais envie de me jeter sur lui, de tout oublier. Mais je venais de voir ma mère. Pour la première fois en cinq ans.

Et ce que Nox avait dit était indéniable. Quelque chose n'allait pas.

— Nox, je ne sais pas quoi faire, soufflai-je.

— Boire un verre, je pense.

Il se leva, tout en passant son pouce sur ma joue. Ses ailes se replièrent lentement dans son dos, et leur lueur diminua. Il portait un jean et un t-shirt ajusté, et je réalisai avec un vague détachement qu'il était pieds nus.

Il marcha vers un globe en bois sur roues et souleva le couvercle pour révéler un bar à l'intérieur. Je le regardai verser un liquide ambré dans deux verres.

Je repassai ses paroles dans ma tête, pour en traiter le sens.

Maman ne s'était pas échappée. Elle-même n'avait jamais prétendu s'être échappée. Alors, quel était son plan ? Qui lui donnait la magie ?

— Tiens, dit Nox en me tendant l'un des verres.

Du scotch, réalisai-je alors que l'odeur me frappait.

J'engloutis une grande gorgée avec gratitude, savourant la brûlure quand elle me descendit dans l'œsophage.

— Maman ne peut pas être associée à Banks, étant donné qu'elle lui a tiré dessus. Banks a clairement fait savoir qu'il en avait après toi, dis-je. Pourquoi ?

Nox s'installa sur le canapé à côté de moi.

— Je ne sais pas. Tout ce que je sais, c'est que je vais le tuer.

Le venin mortel dans sa voix me fit tressaillir. Une partie de moi frémissait à l'idée qu'il tue quelqu'un. L'autre partie de moi se souvenait du visage de Banks lorsqu'il avait essayé de me tuer dans la cellule, et de la terreur primitive que les chiens des enfers avaient instillée en moi. Cette partie-là de moi voulait que Nox s'assure que Banks ne puisse plus jamais faire de mal à personne.

— Je pense qu'il a tué Madaleine. Pour sa page, dis-je.

Nox haussa un sourcil.

— Je déteste te demander ça, mais y a-t-il une chance que ce soit ta mère ?

Je secouai ma tête.

— Non. Elle était peut-être là, ou savait qui était là, mais je ne crois pas qu'elle puisse tuer quelqu'un.

— Peut-être pas directement. Mais aurait-elle pu y attirer Madaleine ? Pour le compte de la personne qui lui a donné de la magie ?

Je me tortillai, mal à l'aise, puis pris une autre gorgée de whisky.

— Non, répondis-je avant de changer de sujet. Quel genre de magie pourrait la faire disparaître dans une bouffée de lumière comme ça ? Tes frères font ça, n'est-ce pas ? Mais je ne t'ai jamais vu faire ça.

— Je peux me déplacer comme ça en enfer, mais pas ici, dans ton monde. Techniquement, je n'ai pas ma place ici, contrairement à mes frères, dit-il en grondant la dernière phrase. C'est une magie peu commune, c'est sûr. Encore plus de le faire à quelqu'un d'autre. Les génies pourraient le faire.

— Est-ce que Techa pourrait être derrière tout ça ?

Nox fronça les sourcils.

— Elle est aussi vertueuse que ta mère, selon ta description.

— Peut-être qu'elles s'entraident ?

Nox secoua la tête.

— Peu probable.

Je soupirai.

— Tu penses que je la reverrai ?

— Oui.

— Bientôt ?

— Oui.

— Je ne peux pas te dire à quel point je suis soulagée qu'ils soient tous les deux en vie. Quel que soit son but, elle m'a sauvée aujourd'hui. J'ai passé des années à rêver de revoir son visage. Et aujourd'hui, je l'ai fait.

Je pris une autre grande gorgée.

— On va les trouver. Et en attendant, j'espère que Béhémoth dira à Techa tout ce qu'elle a besoin d'entendre, et on découvrira qui a le livre.

— Et s'il ne le fait pas ?

Nox but une longue gorgée de son propre verre, avant de me regarder.

— Alors je mettrai Londres sens dessus dessous moi-même pour le trouver.

DIX-HUIT

BETH

— Bonjour, beauté.

Son accent irlandais sensuel me tira d'un sommeil profond, et je me retournai, chassant ma somnolence. Nox se tenait à côté du lit de la chambre d'amis.

— Salut.

Il tendit la main, chassant d'une caresse les cheveux de mon visage. J'eus un moment de panique à l'idée qu'il me voie sans maquillage, avec les cheveux en désordre, mais, quand il se pencha et m'embrassa le front, ma panique disparut.

— Comment tu te sens ?

Je pris une seconde pour élaborer ma réponse avant de la lui donner.

— Heureuse. C'est la meilleure nouvelle que j'aurais pu espérer – qu'ils sont tous les deux vivants. Et ils sont. Encore mieux, ma mère veille sur moi. Elle m'a sauvé la vie, hier.

De plus, je n'étais plus seule dans ma quête pour les

trouver. Nox avait fait le vœu inviolable de faire cela avec moi, quoi qu'il arrive. Mon cœur me sembla gonfler dans ma poitrine alors que je le regardais.

Il sourit.

— Habille-toi. Nous avons beaucoup à faire aujourd'hui. On doit s'assurer que tu n'auras pas besoin de quelqu'un d'autre pour te sauver.

— Hein ?

— Malcolm a enfin mis la main sur quelque chose. Quelque chose pour toi. On va aller le chercher et lui dire ce qu'on a appris sur ta mère.

— Qu'est-ce que c'est ?

— Une arme. Et puis, il faut qu'on essaye de voir si tu peux utiliser une partie de cette belle magie infernale que tu portes en toi.

L'excitation me fit me redresser en un clin d'œil.

— Je vais vraiment essayer d'apprendre la magie ?

— Ouais. Je te verrai en bas.

Je m'habillai en un clin d'œil, optant pour un jean stretch décontracté et un t-shirt, afin de pouvoir bouger facilement si j'en avais besoin.

Claude était devant la maison, et il nous tendit à tous les deux des tasses de voyage en céramique avant de nous ouvrir les portes de la voiture.

— Merci, Claude.

Je reniflai, la délicieuse odeur de café m'emplissant le nez alors que je m'installais dans le siège en cuir.

— J'adore cette voiture, dis-je. Je m'y sens toujours en sécurité.

Nox tendit la main et la posa sur mon genou.

— Tu peux toujours te sentir en sécurité avec moi.

— Je me sentirai encore plus en sécurité si j'ai une arme magique, dis-je avec la voix d'un enfant à Noël.

— Bonjour ! s'exclama une voix.

Il y eut une bouffée de lumière noir et violet, et Béhémoth apparut sur le siège en face de moi.

— Je suis de retour, annonça la petite chèvre tout à fait inutilement.

Mon estomac se noua.

— Je vois ça. Tu as parlé à Techa ?

— Oui.

Je haussai les sourcils, attendant la suite. Mais Béhémoth se contenta de me regarder fixement.

— Qu'a-t-elle dit ?

— Qu'elle ne voit aucune raison de t'aider.

Mon estomac se noua.

— Alors pourquoi es-tu de retour ? gronda Nox.

— Parce que tu veux récupérer ta pierre, j'imagine, soupirai-je avant de la chercher dans mon sac à main.

— Non. Je suis de retour parce que je suis convaincu que vous méritez plus de temps. Cela n'a pas été assez long pour donner un bon rapport. J'ai pu faire comprendre ça à ma maîtresse, et elle m'a permis de continuer mes observations.

L'espoir me réveilla. *L'espoir. Le pouvoir de mon père.* Je décochai un sourire rayonnant à Béhémoth, me penchai en avant et lui tapotai la tête entre les cornes.

— Tu as raison, Béhémoth. Il n'y a pas eu assez de temps. Merci.

Il hocha la tête.

— En effet. Est-ce que j'ai raté quelque chose pendant mon absence ?

— Euh, ouais. Juste un peu.

Quand Nox frappa à la porte du bureau de Malc, j'étais étrangement contente de revoir le visage pâle du vampire.

— Boss, Girl Boss, dit-il avec un sourire alors que nous entrions dans la pièce sombre.

— En parlant de cette histoire de Girl Boss, je ne suis pas ta patronne…, commençai-je à dire.

Mais Malc agita les mains avec enthousiasme, en secouant la tête.

— Trop tard ! C'est décidé, maintenant. Je ne peux plus t'appeler autrement. Et puis, tu te tapes le patron. Ça fait de toi ma Girl Boss.

Je soupirai.

— Est-ce que c'est un bouc des enfers ? dit Malc en regardant Béhémoth.

— Oui. Où est cette arme ? dit Nox.

— Cool, déclara Malc en regardant le bouc, qui faisait un peu le beau, maintenant.

— Je ne suis pas cool, je suis séduisant. Et féroce, déclara Béhémoth.

Malc sourit.

— En effet.

— Malcolm. L'arbalète. Tout de suite.

— Désolé, patron.

Malc se leva de sa chaise, ce que, réalisai-je, je ne l'avais jamais vu faire, et contourna le bureau.

— Tu es bien plus grand que je ne le pensais, dis-je.

— Deux mètres cinq, marmonna-t-il en se baissant. Nous y voilà.

Il se redressa avec une petite arbalète à la main.

— Mais ... Mais c'est comme celle que ma mère avait.

Malc cligna de ses yeux rouges brillants.

— Sans doute, ouais. Ta mère est humaine. C'est, genre, l'une des deux armes magiques qu'un humain peut utiliser. L'autre est une masse, et il n'y en a que trois dans le monde entier, donc je serais méga impressionné si elle en avait une.

Son visage se plissa en un froncement de sourcils.

— Attends, tu as vu ta mère ?

— Oui

Je lui racontai ce qui s'était passé, et il fut de retour à son bureau avant que j'aie fini, ses doigts volant sur les touches du clavier.

— C'est immonde, la magie coupe-langue, dit-il quand j'eus fini. De la magie sale.

— C'était horrible à regarder.

— Alors, c'est elle qui te suivait en pardessus ?

— Comment sais-tu cela ?

— Rory me l'a dit chaque fois que tu l'as vue.

— Elle l'a fait ?

— Ouaip.

Il ramassa l'arbalète là où il l'avait posée sur la table.

— D'habitude, ces trucs n'émettent pas de lumière verte, et on ne devrait pas pouvoir s'en servir pour tuer un chien des enfers.

Nox parla, sa voix profonde contrastant avec le bavardage excité de Malc.

— Celui-ci sera efficace contre les chiens des enfers, car elle sera imprégnée de ma magie.

Je hochai la tête, excitée d'avoir quelque chose à utiliser contre ces horribles créatures, mais priant aussi pour ne jamais en avoir besoin.

— Mais Malcolm a raison, c'est surprenant que celle que ta maman a utilisée ait marché.

— Je me demande qui a imprégné la sienne de magie ? réfléchit Malc à haute voix. On l'a entendue parler à quelqu'un au QG du Ward. Ils pourraient l'aider, suggéra-t-il.

— Ils pourraient aussi être ses ravisseurs, gronda Nox.

— Je n'imagine pas Michel enlevant des anges, patron, déclara Malc maladroitement.

— Cette discussion est terminée, répondit Nox

Et Malc se retourna vers son moniteur.

— Je recherche de la magie verte, et je vérifie les images de vidéosurveillance à l'endroit où tu l'as vue près du Ritz. Je revérifie également ce que j'ai obtenu du musée. On pourra peut-être voir où elle est allée quand elle a cessé de te suivre, Beth.

— Bien, dit Nox en ouvrant la porte d'un coup sec.

Malc poussa l'arbalète sur le bureau vers moi, détournant les yeux de la faible lumière de la porte ouverte.

— Bonne chance, murmura-t-il.

— Merci, dis-je en saisissant l'arme et en courant après Nox.

— Où est-ce qu'on va apprendre à utiliser cela ? demandai-je en retournant la petite arme sur mes genoux une fois que nous fûmes de retour dans la voiture.

Elle était légère, le corps était en résine sombre, et la petite forme d'arc à l'avant et la gâchette dessous en bronze brillant. Il y avait un mince carreau métallique dans la rainure en haut qui ne semblait pas vouloir tomber, même lorsque je retournai l'arme. Elle était assez légère, devinai-je, pour pouvoir être facilement tirée d'une seule main.

— Chez moi, répondit Nox.

Il tendit la main, touchant l'arbalète.

— Elle n'a qu'un seul carreau, qui ne quitte pas l'arme. Le carreau canalise la magie et tire ça à la place.

— D'accord.

— Tu as déjà tiré à l'arbalète ?

— Non. Mais j'ai appris à tirer avec une arme de poing avant de venir à Londres.

Il haussa un sourcil.

— Bon. Alors tu as déjà entendu parler de recul.

Je hochai la tête.

— C'est la même chose, alors vise bas. Et pour la préparer, tu tires ce fil.

Il toucha le fil tendu qui reliait les deux côtés de l'arc.

— J'ai compris.

Nous restâmes silencieux quelques instants.

— Nox, où on va s'entrainer chez toi ? Parce que je ne veux pas mettre le bazar dans tes affaires chics.

Il m'adressa un sourire sombre.

— Il y a beaucoup de pièces chez moi que vous n'avez pas vues, Miss Abbott.

— Comment as-tu fait pour prendre une voix aussi salace ? Comme si tu avais un donjon sexuel secret dont Madaleine serait fière ou quelque chose comme ça, marmonnai-je.

— Je n'ai pas de donjon sexuel secret. Mais si tu veux, je serais heureux d'en installer un.

Nous descendîmes bel et bien au sous-sol quand nous retournâmes à Grosvenor Street, mais pas dans un donjon. C'était un gymnase moderne et bien éclairé, avec un champ de tir à l'arc qui dominait le mur du fond.

— Tu as une salle de sport ? demandai-je en entrant.

— J'ai une salle de sport, oui. J'ai aussi un sauna, un jacuzzi, une piscine, une salle de cinéma, une bibliothèque et une cave à vin.

— Ah.

La pièce était lambrissée de bois clair, ce qui la rendait distinctement masculine et étrangement agréable pour une salle de sport. Il y avait tout l'équipement habituel que je me serais attendue à voir, comme des tapis roulants et des bancs de musculation, ainsi qu'une odeur d'air réfrigéré.

Nox se dirigea vers le stand de tir à l'arc et je le suivis.

— On doit imprégner l'arbalète de magie, dit-il

Je levai l'arme pour qu'il puisse la prendre. Il secoua la tête.

— Je pensais qu'on y mettait ta magie ? dis-je en fronçant les sourcils.

— Je veux voir si tu peux canaliser dans l'arme la magie que tu portes en toi.

Je regardai l'arbalète d'un air dubitatif.

— Je peux essayer.

— Prends la pierre de Béhémoth. Cela devrait aider.

— D'accord.

Je sortis la pierre de mon sac à main, que je fis glisser de mon épaule pour le poser par terre. Je regardai Nox, la pierre dans une main, l'arbalète dans l'autre.

— Fais exactement ce que je te dis. Ferme les yeux.

Jusqu'à présent, ç'avait très bien fonctionné pour moi de faire exactement ce que Nox me disait, alors je fermai consciencieusement les yeux.

— Bon. Maintenant, ressens ma magie en toi. Où est-elle ?

Je posai une main sur ma poitrine.

— Ici.

— Accepte-la. Laisse-la brûler.

Je fis ce qu'il avait dit, encourageant à monter en moi ce sentiment qui devenait familier.

Je pouvais le sentir, mais seulement un peu.

— Cela ne vient généralement que lorsque tu n'es pas là, dis-je à Nox. Comme si ça rattrapait ton absence ou quelque chose comme ça.

— Il y a quelque chose d'autre qui te le fait ressentir ?

— Quand les gens insinuent qu'on ne peut pas être ensemble, admis-je.

Il y eut une pause, mais juste avant que j'ouvre les yeux, Nox reprit la parole.

— Pense à ça. Si tu sens la magie en toi, essaye de la diriger vers l'arme. Considère l'arme comme une extension de toi-même. Quelque chose pour te défendre contre ceux qui voudraient te faire du mal. Ou... Ou quelque chose à utiliser contre ceux qui voudraient nous séparer.

Je fis ce qu'il disait.

Je pensai à ce que Béhémoth, Rory et Madaleine avaient dit sur le fait que nous étions un couple malheureux. Un ange déchu et une fille humaine, séparés par une malédiction mortelle et un ennemi dans l'ombre.

La chaleur s'accumula dans ma poitrine. Une voix dans mon esprit – la mienne, mais tellement plus féroce – commença à parler.

Il est à moi. Il faut qu'on soit ensemble. On sera ensemble. Et j'emmerde tous ceux qui essaieront de nous arrêter. Je vais les descendre.

L'arbalète me brûla la main, et mes yeux s'ouvrirent. De la lumière dorée en irradiait, et des ombres tourbillonnaient sur le fil et s'enroulaient autour du canon.

Je levai les yeux vers Nox, qui avait un sourire sombre sur son visage.

— Toutes mes félicitations. Tu as une arbalète chargée de magie infernale.

— Ah oui ?

— Oui. De plus, tes ailes sont magnifiques, putain.

Il indiqua un miroir en pied de l'autre côté de la salle de gym, et je haletai.

Il n'avait pas tort. Mes minuscules ailes translucides n'étaient plus minuscules ou translucides. Elles n'étaient rien comparées à celles de Nox, mais elles étaient solides. Je marchai lentement vers le miroir, bouche bée. Les plumes étaient plus claires que celles de Nox, et moins brillantes, et il y avait beaucoup moins d'ombres qui dansaient dessus. Je leur commandai de bouger, pour voir, essayant de sentir mes omoplates.

Je sentis l'air frais effleurer mon dos, et les ailes de mon reflet bruissèrent.

— Oh là là, soufflai-je. Je les ai déplacées !

Nox gloussa.

— Imagine remplir un espace avec elles. Imagine, puis fléchis les épaules.

Je le fis et, lentement, mes ailes se déployèrent et s'étirèrent. Un *ooh* s'échappa de ma bouche. J'avais quasiment oublié l'arbalète rougeoyante dans ma main. Je me retournai pour faire face à Nox.

— Je peux voler ?

Son visage devint sérieux.

— Très peu de créatures ailées peuvent réellement voler, et c'est extrêmement dangereux d'essayer.

Mes épaules s'affaissèrent un peu.

— C'est un non, alors.

— Tu n'as pas besoin de savoir voler. Tu m'as.

Les propres ailes de Nox éclatèrent derrière lui, et mon sourire revint. J'avançai vers lui, et ses plumes voltigèrent.

Une sonnerie me fit marquer une pause, et Nox fronça les sourcils avant de sortir son téléphone portable de sa poche.

— Rory est la seule à pouvoir m'appeler, en ce moment, et elle sait que je ne dois pas être dérangé aujourd'hui. Si elle téléphone, alors c'est important, dit-il en s'excusant.

Je hochai la tête, et il porta le téléphone à son oreille.

— Oui ? aboya-t-il dans le récepteur.

Je vis l'agacement tomber de son visage. Il me regarda.

— Le Ritz vient d'appeler. Je pense qu'ils ont trouvé ton démon.

DIX-NEUF

BETH

Nox dit qu'il était plus rapide de marcher jusqu'au Ritz que de conduire, et il avait raison. Notre rythme soutenu nous y conduisit en seulement huit minutes.

— Vous ne pouvez pas entrer, monsieur, disait un agent de sécurité, debout sur le trottoir, en essayant de bloquer l'entrée du restaurant.

Devant lui, échevelé et à se dandiner légèrement, se tenait Cornu.

Je m'avançai vers lui, me déplaçant lentement, pas pressée d'attirer l'attention du démon. Mais Nox marchait derrière moi, et Cornu braqua aussitôt les yeux sur nous, interrompant ses vitupérations contre le garde de sécurité. Je le vis se raidir, et je sus qu'il était sur le point de s'enfuir.

Une vague de chaleur pulsa derrière moi, et Cornu poussa un petit grognement. Des vrilles ténébreuses s'enroulèrent autour de lui, pour l'immobiliser. Le vigile fronçait les sourcils.

— Ça va ? Vous souffrez ?

Je réalisai que, quand on ne pouvait pas voir les ombres, il semblait vraiment que Cornu était en train de convulser ou d'avoir une crise cardiaque ou quelque chose comme ça. Je m'avançai rapidement vers lui, et l'odeur du whisky venant de Cornu me frappa dès que je m'approchai.

— Il va bien, dis-je au garde en posant ma main sur le bras de Cornu, dont la peau était chaude et humide sous sa fine chemise, et qui grogna. Il a juste un peu trop bu. On prend le relai.

Le garde ouvrit la bouche, clairement inquiet, mais, quand il vit Nox derrière moi, il hocha la tête.

Les ombres jaillirent, et Cornu se retourna maladroitement, telle une marionnette réticente. Ensemble, nous descendîmes la rue. Au bout du pâté de maisons, nous arrivâmes à Green Park, et je me dirigeai droit vers un grand banc vacant. Les ombres disparurent, et Cornu s'y laissa tomber.

— Qu'est-ce que vous voulez, putain ? gronda-t-il.

Ses yeux étaient cerclés de rouge et caves, et ses vêtements n'étaient manifestement pas frais.

— Je suis désolée pour Madaleine, dis-je en m'asseyant à côté de lui.

— Conneries, lança-t-il vers Nox avec un regard noir. Vous alliez lui enlever son pouvoir.

Nox commença à parler, et je bondis à bas du banc.

— Donne-moi quelques minutes. S'il te plaît.

Nox me regarda une seconde, puis le démon.

— Essaye de courir, et ça fera mal, dit-il.

Cornu émit un bruit de gorge plein de colère et fixa le sol, refusant de regarder Nox. C'était une démonstration de défi, et je sentis que Nox s'échauffait.

— S'il te plait, dis-je à nouveau en lui lançant un regard noir.

Nox se retourna, marchant à pas furieux vers un grand chêne. Béhémoth resta là où il était, à mes pieds. Je me rassis sur le banc.

— Je sais qu'elle t'aimait, dis-je calmement.

Cornu riva ses yeux dans les miens.

— Comment ?

— Je l'ai vu sur son visage et je l'ai entendu dans sa voix.

Il secoua la tête.

— Elle ne voulait pas que ça se sache. Je ne suis qu'un démon, et elle..., souffla-t-il avant de prendre une inspiration tremblante. C'était une putain de déesse parmi les anges. Elle était incroyable.

— Je l'admirais. Elle était beaucoup de choses que j'aimerais être.

Cornu me regarda en face, ses yeux brillants de larmes contenues.

— Tu ne pourrais jamais être comme elle. Personne ne pourrait.

— Je sais. Laisse-moi t'aider à la venger.

Il plissa les yeux, d'un air sombre et méfiant.

— Lucifer voulait foutre sa vie en l'air. Je ne sais pas pourquoi elle l'aidait.

Alors elle essayait bien de l'aider ? C'était intéressant.

— Est-ce qu'elle m'a écrit une note pour que j'aille au musée ?

Cornu haussa les épaules.

— On y est allés parce qu'elle a entendu dire que le Livre des Péchés avait pu y passer. J'aurais préféré qu'on ne le fasse pas.

— Qu'est-ce qui s'est passé ? demandai-je aussi doucement que possible.

Mais il se tendit à côté de moi.

— Je ne sais pas. J'ai été renvoyé en enfer.

— Par Madaleine ?

— Non. Elle ne ferait jamais ça. Je marchais juste à côté d'elle, devant le tableau de la trinité, et puis boum, j'étais en enfer. Il m'a fallu plus d'une heure pour revenir, et quand je l'ai fait...

— Tu as une idée de qui c'était ? Ou pourquoi ?

— Lucifer et son putain de livre stupide. C'est pourquoi on était au musée. C'est sa faute.

Il fixa l'endroit où Nox et Rory discutaient sous l'arbre.

— Quelqu'un essaie de le tuer aussi. On veut les arrêter. Je pense que c'est la même personne. On a le même ennemi, Cornu.

Il se tut un instant, puis parla doucement.

— Qu'est-ce que tu attends de moi ? Je dois faire tout ce que ce connard de Lucifer veut que je fasse et, sans Madaleine, à quoi ça sert de se battre ?

— Madaleine n'a pas vendu sa page de péché, n'est-ce pas ?

Cornu se pencha en avant, les coudes sur les cuisses, et se prit la tête dans les mains. Ses cornes protubéraient de chaque côté tandis qu'il se passait les doigts avec colère dans ses cheveux.

— C'était la sienne. Ce sont ses secrets, et ça ne te regarde pas.

— Je suis désolée, Cornu. Vraiment. Mais c'est la seule façon de s'assurer que l'assassin de Madaleine puisse être arrêter.

Il me regarda de côté.

— Il va souffrir ?

Je déglutis, mal à l'aise. Je n'aimais pas l'idée que quelqu'un souffre. Mais si nous attrapions celui qui était derrière tout ça, il y avait peu de chances que Nox soit clément. Et s'il s'avérait que ce soit Banks, même moi, je pourrais changer d'avis à propos des souffrances inutiles. Cet homme méritait une raclée.

— Nox est connu pour ses punitions, dis-je, légèrement évasive.

— Je veux être là.

Je pris une grande inspiration.

— Je ne peux pas m'assurer de ça. On ne sait même pas qui c'est...

— Je veux être là, répéta-t-il. Si tu promets que je pourrai être là quand Nox punira son assassin, je vous donnerai la page.

Mon pouls accéléra, et je sentis mon corps se raidir d'impatience.

— Tu sais où elle est ?

Il acquiesça.

Je réfléchis en me mordillant la lèvre. Nox aurait pu simplement le forcer à la lui remettre. En me disant qu'il savait où c'était, Cornu avait montré ses cartes. Et c'était assez macabre d'avoir envie de voir le diable punir quelqu'un. Mais Cornu était un démon, une créature née de l'enfer, et c'était son monde. La femme qu'il aimait avait été assassinée.

Je contemplai son visage désespéré, et je me surpris à répondre :

— D'accord. Je promets de faire tout ce que je peux. *Si* on attrape qui que ce soit.

J'insistai sur le mot « si ».

— Tu jures ? Tu vas faire en sorte que Lucifer me laisse être présent ?

— Je ne peux pas obliger Nox à faire quoi que ce soit, mais je ferai de mon mieux.

Cornu se leva lentement sur des jambes un peu vacillantes.

— Appelle Lucifer.

VINGT

— **C**ornu va nous conduire à la page, dis-je en atteignant Nox près de l'arbre.

Le démon lança un regard furieux à Nox tout en se dandinant d'un pied sur l'autre jusqu'au banc.

— Il sait où elle est ?

— Oui.

— Et il nous la donne volontairement ?

Je pouvais entendre le doute dans la voix de Nox, et je comprenais pourquoi. La haine du démon lui suintait de tous les pores.

— En quelque sorte, dis-je maladroitement, refusant d'attirer son attention. Je te dirai plus tard.

Nox ouvrit la bouche, me considéra un moment, puis la referma.

— Allons-y.

Ensemble, nous marchâmes jusqu'à Cornu.

— J'ai une voiture à proximité, déclara Nox. Où allons-nous ?

— Ce n'est pas nécessaire.

Il leva la main et se frappa violemment la poitrine.

— Je suis la cachette. Elle a caché la page en moi.

Je regardai tour à tour Nox et Cornu.

— Qu'est-ce que ça veut dire ? Parce que ça semble désagréable.

— Ce n'est pas par hasard si Madaleine a été choisie pour héberger la Colère. Elle était l'une des anges déchus les plus puissants que je connaissais, et elle n'avait peur de rien. Et certainement pas de la magie infernale la plus mauvaise, déclara Nox tranquillement.

Il riva son regard sur Cornu.

— Elle a lié la page à toi ?

Il secoua la tête.

— Non. À chez moi, en enfer. Je suis la clé.

— Comment ça marche ? demandai-je.

Nox me regarda.

— Madaleine a caché la page en enfer et s'est assurée que Cornu serait le seul à pouvoir y accéder. Elle était intelligente. Seul un être infernal très puissant aurait pu lui arracher la page.

— Un être infernal très puissant, comme vous, cracha Cornu. Il n'existe pas d'endroit où elle aurait pu la cacher sans que vous puissiez y accéder.

— On peut faire ça de la manière douce, dit Nox au démon. Si tu coopères.

Cornu se moqua de lui :

— Il n'y a rien qui puisse me faire du mal, maintenant. C'est fini.

Nox se figea.

— Finissons-en, dit-il. Quelle incantation a-t-elle utilisée ?

L'air derrière Cornu scintilla, et des éclairs de noir et de rouge profond et brûlant jaillirent alors que Nox scandait des mots étranges que je supposai être du latin. Béhémoth gazouillait d'excitation à côté de moi, les cornes de Cornu brûlaient d'une couleur écarlate, et son visage se fronça de douleur. Mon instinct fut d'intervenir, de faire quelque chose pour l'aider, mais Béhémoth aboya dans mon esprit.

— Lucifer sait ce qu'il fait.

— C'est l'enfer derrière Cornu ?

— Oui.

Je vis Nox lever les bras, ses ailes dorées s'ouvrir et ses ombres se transformer en tornades autour de lui. Je me retournai vers le parc. Les gens étaient assis sur l'herbe, pique-niquaient ou lisaient des livres. Un couple promenait un chien blanc poilu sur un sentier. Personne ne voyait l'ange infernal effrayant debout parmi nous.

Soudain, toutes les tornades ténébreuses se précipitèrent sur Cornu, et il disparut.

— Est-ce que c'était supposé d'arriver ?

Rory ne me répondit pas.

Nox resta exactement là où il était, de la chaleur irradiant de lui, les yeux fermés. Avec un coup de tonnerre si fort que je hoquetai, Cornu réapparut, tombant au sol dans un éclair rouge et noir. Il se mit à quatre pattes et vomit par terre.

— Oh là là, ça va ?

Il bascula sur ses talons alors que je m'approchais. Il puait le soufre, et de la sueur coulait sur son visage et son cou. Une étrange matière noire pulsait autour de ses cornes.

— Voilà.

Il tendit la main, avec un petit morceau de papier enroulé dedans.

— Tiens ta promesse. S'il te plaît.

Je contemplai son visage pâle et épuisé, en lui prenant le petit parchemin.

— Oui.

Dès que Nox me prit le morceau de papier, des ombres s'envolèrent de la petite page, comme aspirées, puis fouettées par un vent invisible.

Il frappa dans ses mains et, quand il les écarta, une lumière bleue brûlait entre ses paumes. Les ombres plongèrent dans la lumière, en tournoyant comme dans une tornade et, après un instant, je les vis se précipiter sur ses plumes luisantes, tourbillonnantes et éthérées.

Je laissai échapper un long soupir alors que la lumière s'éteignait.

Nous l'avions fait. Nous avions trouvé un autre péché perdu.

∼

Nox resta silencieux jusqu'à ce que nous retournions à la voiture et que nous soyons seuls. Enfin... seuls, en quelque sorte. Sans compter Béhémoth.

— Qu'as-tu promis à Cornu ?

Il y avait un tranchant dans sa voix que je ne reconnaissais pas. Pendant une seconde, j'eus peur que ce soit dû au retour de la Colère en lui... Mais il n'avait pas l'air en colère.

— Qu'il pourrait être là quand tu puniras celui qui a tué Madaleine. Je sais que ce n'est peut-être pas possible, mais je me sentais mal pour lui.

Nox me dévisagea, et ses yeux étaient d'une clarté alarmante. Il avait un regard sauvage, et je jetai un coup d'œil à Béhémoth, qui était assis sur le siège de voiture en cuir, à fixer également Nox.

— Est-ce que ça va ?

— J'ai vu son âme.

— Celle de Cornu ?

— Oui. C'est un démon. Il ne devrait pas en avoir une.

— D'accord... Qu'est-ce que ça veut dire ? Ce n'est pas vraiment un démon ?

— Si. C'est un démon.

Puis Nox tourna ses yeux intenses vers Béhémoth

— J'ai besoin que tu nous quittes.

Béhémoth cligna des yeux, puis secoua lentement sa tête cornue.

— Je suis désolé, Lucifer. Je n'ai pas le droit.

Nox le fixa un instant, puis parla.

— Bon. Claude ! Arrêtez la voiture.

Au moment où le véhicule cessa de bouger, Nox ouvrit la portière, m'attrapa par le bras et me tira de la voiture. Je n'eus même pas le temps de voir où nous étions avant que ses ailes ne se déploient et qu'il ne se penche pour me soulever.

Je haletai quand il s'accroupit, puis nous élança dans les airs.

— Nox ! Où on va ? criai-je par-dessus le vent impétueux, en pressant mon visage contre son épaule alors qu'il filait, à gauche puis à droite.

— Où on pourra être seuls. Vraiment seuls.

Nous avancions si vite que je ne pouvais pas voir, à cause de mes cheveux qui fouettaient autour de mon visage et de l'air glacial qui faisait couler mes yeux.

Quelques instants plus tard, nous ralentîmes, et je jetai un coup d'œil par-dessus son épaule, en respirant fort.

Big Ben.

Avec un petit bruit sourd, Nox atterrit sur l'horloge gargantuesque.

— Nox ! On ne peut pas être ici !

Il me fit basculer de ses bras, et je me retrouvai debout, mais il m'attira aussitôt plus près, agrippant le haut de mes bras.

— Regarde-moi.

Je le fis, toujours essoufflée. Il avait l'air encore plus sauvage que dans la voiture.

— Qu'est-ce qui ne va pas ?

— Il l'aimait.

— Quoi ?

— Il l'aimait. Il ne veut pas vivre sans elle.

— Cornu ?

— Oui. Il ne devrait pas être capable d'aimer comme ça. Il faut une âme pour aimer comme ça.

— Tu viens de dire qu'il avait une âme.

— Il en a une, maintenant. Mais il n'en avait pas quand il a été créé.

Je fronçai les sourcils de confusion.

— Tu es en train de me dire que Madaleine lui a fabriqué une âme, d'une manière ou d'une autre ?

— Non. *L'amour* lui a fabriqué une âme.

VINGT-ET-UN

NOX

Ce que j'avais vu à l'intérieur de Cornu... Il avait perdu de l'amour. La femme pour laquelle il aurait donné sa vie lui avait été enlevée, pour de bon. Et ça l'avait brisé. L'âme fragile et interdite que l'amour lui avait donnée... brisée de façon irréparable.

Ma peur de perdre Beth pulsait si fort et si vite en moi que mes oreilles sonnaient et mon esprit était orageux. Elle était tout ce que je pouvais voir dans le brouillard.

— Je te veux à mes côtés pour l'éternité. Je réduirais tout le putain de monde en cendres, si tu me le demandais. Je ne peux rien faire si tu n'es pas heureuse. Je vais te sauver. De tout. Et je pense que tu pourrais peut-être me sauver.

Elle me dévisageait, ses beaux yeux remplis de cette émotion honnête dont je ne pouvais pas me lasser.

— Je pense que je suis tombée amoureuse de toi.

Sa voix tremblait quand elle parla, et sa main se

pressa fermement contre ma mâchoire. Le reste du monde sembla disparaitre, et le bourdonnement dans mes oreilles devint plus fort.

— Amoureuse, répétai-je.

Le brouillard s'épaissit dans mon esprit. Son visage devant moi semblait aussi clair que du cristal en comparaison.

— L'amour.

Avec une clarté aveuglante, je compris. Ce sentiment transcendait toutes les émotions que j'avais jamais ressenties, éclipsant la Luxure, la Cupidité, la Colère... Les pouvoirs les plus puissants que j'aie jamais eus. Il englobait tout mon être, et c'était magnifique, putain.

— Je ne pensais pas que le diable était capable d'aimer, soufflai-je, déplaçant mes mains vers son visage, la rapprochant encore plus. J'avais tort.

Elle combla l'écart entre nous, pressant ses lèvres contre les miennes. Mon pouvoir de Luxure m'avait toujours permis d'élever un baiser en me laissant dévoiler mon âme et mes désirs. Mais ce baiser était à un tout autre niveau.

Le feu s'embrasa dans ma poitrine alors que le brouillard se dissipait, et je me perdis complètement dans la force de sa passion. *Son amour.*

Quelque chose en moi avait changé.

J'avais besoin d'elle. J'avais besoin d'elle comme d'eau ou de nourriture. Mais, contrairement à la nourriture, je pouvais réellement la goûter. Et sa saveur était exquise. Faite pour moi. Destinée à moi. Pour que moi, et moi seul, puisse me régaler d'elle.

Toutes les priorités selon lesquelles j'avais vécu ma vie s'étaient désintégrées. Chaque émotion qui n'était pas liée à elle n'avait pas de sens. Elle devait être en sécurité. Elle devait être heureuse. Et si elle pouvait être à mes côtés, alors le putain de trou béant à l'intérieur de mon âme guérirait enfin. Je serais entier.

Elle bougea la tête, les mains toujours sur mon visage, me fixant droit dans les yeux.

— Je t'aime, dit-elle, comme si ces mots étaient un fruit délicieusement défendu.

— Je t'aime, soufflai-je en retour.

Des mots que je n'aurais jamais cru *pouvoir* dire.

Je l'entourai de mon bras, battis des ailes et nous élançai du haut de l'énorme horloge.

BETH

Je hoquetai quand Nox décolla du haut de Big Ben. J'étais sous le choc, en proie à une joie totale, mêlée à un désir si intense que je n'avais pas les idées claires.

Nox était à moi. Il m'aimait.

Je me disais que, peut-être, il m'avait aimée aussi longtemps que je l'avais aimé, mais n'avait pas cru cela possible. Tout avait changé après ce qu'il avait vu à l'intérieur de Cornu.

Je me blottis dans son étreinte, passant mes mains autour de son cou tandis que nous nous élevions audessus de Londres. Sa bouche trouva la mienne sans qu'il cesse de battre des ailes, et je goûtai au délicieux oubli. Il y avait une cupidité vorace en moi qui voulait tout avoir.

J'avais besoin de lui. Il était à moi, et j'étais à lui, et je n'avais plus dans la tête que le désir de m'unir à lui. De lui montrer à quel point je l'aimais, à quel point c'était réel et vrai.

Il m'embrassa encore plus fort, et chacune de mes terminaisons nerveuses me parut prendre feu. Je me tortillai dans son étreinte, ayant besoin de stimulation, de friction, de n'importe quoi pour soulager la douleur dans mon cœur. Rendre plus supportable son absence. Soulager l'envie qui me transperçait à chaque coup magistral de sa langue sur la mienne.

Je savais qu'il ne me laisserait pas tomber. Il me serra contre lui, et mes jambes s'enroulèrent autour de sa taille, sous ses ailes.

Il ralentit, et ses baisers féroces se déplacèrent, descendant le long de ma mâchoire, puis du cou.

J'avais vaguement conscience que le crépuscule tombait autour de nous. J'adorais Londres, et je fus remplie d'une joie débridée à la voir prendre vie et s'illuminer alors que je planais au-dessus de la ville, enveloppée dans les bras de l'homme que j'aimais. J'avais l'impression d'être dans un rêve. Un rêve dont j'espérais ne jamais me réveiller.

Nox bougea, déplaçant son étreinte autour de moi, et j'arrachai mon regard de la beauté en contrebas pour le regarder dans les yeux. Il y avait tellement plus de beauté juste là, à ma portée.

Il croisa mon regard avec un pur désir.

— Nox, chuchotai-je comme une prière.

Chaque passage de sa bouche sur ma peau m'embrasait, incendiant tous mes doutes, toutes mes peurs, toute idée que je devrais un jour le laisser partir.

— J'adore quand tu prononces mon nom, grogna-t-il.

Je veux l'entendre à chaque fois que je te fais jouir. À chaque fois.

Ces paroles me firent souffler à nouveau son nom.

— J'ai besoin de te toucher, dit-il contre mes lèvres, ses bras si serrés autour de moi que je commençais à ressentir une douleur dans les côtes.

Je tendis la main pour balayer les cheveux qui me fouettaient le visage.

— Fais-le.

Un sourire se courba au coin de sa bouche, et il me déplaça dans sa prise pour amener une main le long de la courbe de ma taille.

Avec habileté, il baissa la braguette de mon jean, puis plongea sa main à l'intérieur. En quelques secondes, il écartait ma chair douloureuse avec ses doigts, caressant ma moiteur. Ses yeux restèrent fixés sur les miens, la ville illuminée de vie dans l'obscurité, derrière ses ailes brillantes.

Un rêve. Tout cela n'est qu'un rêve exquis.

C'est un rêve.

Mon rêve.

Il est à moi.

Ses doigts plongèrent en moi, puis tournèrent autour de mon clitoris comme s'il l'avait fait mille fois. Il savait exactement comment me toucher et à quel point j'avais envie de lui.

— Ça fait du bien ?

Je laissai tomber ma tête contre son épaule, le vent déchirant mes gémissements.

Comme je ne répondais pas, il reprit la parole :

— Regarde-moi. Je veux te voir détruite entre mes bras. Je veux le sentir en voyant tes yeux briller.

Je déglutis difficilement, ayant besoin de place pour aspirer plus d'oxygène. Il hocha la tête une fois et pressa ses lèvres contre les miennes, tandis que sa main retournait dans ma culotte. À chaque douce caresse de ses doigts, je me sentis haleter, traversée par le plaisir qui montait. Il captura dans sa bouche chaque bruit que j'émettais, son regard brûlant imprimant une promesse dans mon âme.

— C'est ça. Laisse-toi aller dans mes bras.

Ces paroles furent ma perte. Mes yeux roulèrent dans ma tête.

— J'adore te voir jouir, me murmura-t-il à l'oreille.

Je haletai son nom, puis le hurlai. Il enfonça sa langue dans ma bouche, me faisant basculer dans le précipice. Je me brisai pour lui, dégringolant dans une boucle sans fin de plaisir qui n'en finissait pas.

— Délicieuse, murmura-t-il en attrapant mes lèvres entre les siennes. Tellement délicieuse.

Je n'avais jamais joui comme ça, de toute ma vie.

— Tu es magnifique, grogna-t-il.

Je reculai pour le regarder. Les mots me manquaient. Les mots, le souffle, les pensées. Tout.

— À quoi penses-tu ? me demanda-t-il, sa voix emplie de désir.

— Que je t'aime.

De la lumière jaillit dans ses yeux, puis il me serra contre lui et plongea.

Je criai alors que l'air filait autour de nous, l'adrénaline pulsant en moi, en plus des sensations qui secouaient déjà mon corps.

Nous fûmes au sol en quelques secondes, et je l'agrippai alors qu'il me posait soigneusement sur mes pieds. J'étais vaguement consciente que nous étions sur son toit, sur la petite pelouse.

Dans la précipitation, nous nous déchirâmes nos vêtements et, quelques secondes plus tard, nous étions peau à peau sur l'herbe. Je tremblais d'anticipation alors que Nox reculait, en haletant de sa poitrine musclée.

Lentement, il me contempla du haut de ma tête jusqu'au bout de mes orteils, et je sentis une secousse d'envie me frapper en voyant mon propre désir se refléter si intensément dans ses yeux.

Il déplaça sa main vers son érection, et je le regardai, hypnotisée.

— Je vais te baiser fort. Je veux sentir chaque centimètre de ton corps frémir autour de moi. Tu vas encore jouir pour moi, Beth ? Crier mon nom pendant que je te prends ?

Je hochai la tête.

— Oui. Oui, dis-je d'une voix tremblante.

— Je veux l'entendre.

— Je jouirai. Je crierai ton nom.

— Tu m'appartiens, grogna-t-il. Dis-le encore.

— Je t'appartiens, dis-je d'une voix pas plus forte qu'un murmure. Je suis à toi.

— Encore, dit-il d'une voix lourde de désir.

— Je t'appartiens, dis-je fort – assez fort pour que toute la ville l'entende.

— Tu m'appartiens.

— Pour toujours.

Il s'avança et m'attrapa la main pour la porter à sa bouche et embrasser ma paume, mes doigts et mon poignet, et chaque centimètre.

— Je suis aussi à toi, Beth.

Je gémis alors que ses baisers remontaient sur mon avant-bras, l'air frais de la nuit accentuant la douceur de ses caresses.

— Je suis à toi, dit-il contre la peau de ma poitrine, alors que ses lèvres bougeaient.

Sa langue chaude passa sur mon téton, envoyant des décharges de plaisir dans mon essence et me faisant gémir plus fort.

Il passa un bras autour de ma taille pour me soulever. Je levai les jambes autour de ses hanches, et il nous assit par terre de manière que je sois à califourchon sur ses genoux. Son sexe dur se pressa contre mon clitoris encore gonflé, et je haletai.

Il fit glisser sa main le long de ma colonne vertébrale jusqu'à mes cheveux, attirant mon derrière plus près avec l'autre.

— Je n'arrêterai jamais de te faire plaisir, Beth. Et la sensation de ta chatte autour de moi ne sera jamais rien de moins qu'exquise. Tu ressentiras toujours ça. Tu n'auras jamais besoin de quelqu'un d'autre comme tu as besoin de moi. Ton corps aura toujours envie du mien et, chaque fois que je te toucherai, tu t'en souviendras toujours. Je vais te faire mienne de toutes les manières.

— Nox.

— Dis-moi ce que tu veux.

— Je veux que tu me combles. Fais-moi tienne. Montre-moi combien tu m'aimes.

Il posa une main sur mon cou, m'inclinant le menton de manière que je le regarde. Le clair de lune se répandit sur son visage, ses yeux pleins de désir.

— Je t'aime. Je continuerai à t'aimer... pour toujours, Beth. Pour toujours.

Sa voix était lourde d'émotion. Et je sentais la vérité derrière ses mots. Je sentais à quel point il m'aimait et son besoin dévorant de me consommer.

— S'il te plaît, Nox. S'il te plaît.

Il lâcha mon cou et attrapa ma taille, me soulevant plus haut sur ses genoux. Je sentis le gland de sa queue glisser à travers ma moiteur, et je frémis.

— Tu es tellement humide...

Il frotta son gland contre mon clitoris et je gémis, mes hanches ondulant contre lui, impatiente d'en avoir plus.

— C'est ça..., m'encouragea Nox, en me regardant me frotter contre son érection, mes seins pressés contre sa poitrine solide. Je veux que tu jouisses encore.

Mon corps palpitait de plaisir. Je le voulais tellement en moi, mais les vagues de plaisir montaient si vite que je ne pouvais pas me retenir.

— Jouis pour moi.

Ces mots me firent basculer, et je criai quand mon orgasme me traversa.

— Tu m'appartiens, souffla Nox.

Puis il me pénétra.

Je haletai en le sentant me remplir, centimètre par

centimètre, et me prendre lentement, laissant son membre grandir en moi. Mon corps trop sensible frémit autour de lui, et mes ongles s'enfoncèrent dans ses épaules.

— Regarde-moi.

Je le fis, le regardant dans les yeux – ses beaux yeux brillants et remplis d'amour pour moi.

Il s'enfonça jusqu'à la garde, son corps tremblant avec le mien.

— C'est tellement bon, Beth. Tellement bon.

Il attira ma tête vers lui, m'embrassant, sa langue envahissant ma bouche, et je perdis tout contrôle de mon corps. Mes hanches commencèrent à bouger toutes seules, et je le chevauchai, mon corps palpitant autour de sa queue.

— Putain, Beth. Tu es si belle.

Je l'embrassai en retour et le chevauchai plus vite, submergée par mon désir.

Je ne pensais même pas que mon dernier orgasme était terminé, et je hurlai, mon corps tendu comme un arc, alors que le plaisir déferlait à nouveau. Je pus sentir mes parois vibrer autour de lui, puis il se déhancha, prenant de la vitesse, ses hanches basculant contre les miennes. Je m'agrippai à sa poitrine, enfonçant mes doigts dans sa chair, submergée par le désespoir. Je sentis ses muscles se contracter et ses coups de reins accélérer, de plus en plus désespérés.

Je voulais qu'il perde le contrôle avec moi. Je voulais être avec lui pour toujours.

— Beth..., souffla-t-il, sa voix épaisse de plaisir. Beth...

Je gémis, plantant mes ongles dans sa chair, voulant le retenir, mais ce n'était pas assez. J'en voulais plus. Je le voulais. Son corps. Son cœur. Son âme.

— Tu es à moi, Beth. Je ne te laisserai jamais partir.

Je sentis sa main glisser entre nos corps, et son pouce trouva mon clitoris. Il commença à faire le tour du petit bourgeon. Mon corps accéléra, et je pus sentir mon orgasme monter en même temps que le sien. J'ondulai contre lui à chacun de ses coups de reins et, quand il me pinça le clitoris, je perdis pied.

Je criai, puis je jouis, jouis, jouis. Mon corps se tendit et trembla, et j'eus des spasmes autour de son sexe.

— Putain, grogna-t-il.

— Jouis pour moi, murmurai-je, mon corps se tordant et tremblant sous le plaisir de ses coups de reins.

Son corps se crispa. Il m'attira à lui, me serrant fort, puis rugit et sursauta sous moi. Je pus le sentir pulser, pulser, pulser en moi, puis la chaleur de son sperme me remplit.

Je m'effondrai sur son épaule, complètement épuisée, encore martelée par des vagues de plaisir, et il enroula ses deux bras autour de moi, respirant fort.

J'étais à lui, et il était à moi.

VINGT-TROIS

BETH

Je n'avais même pas réalisé que je m'étais endormie jusqu'à me réveiller, serrée contre Nox. Je bougeai doucement, ne voulant pas le déranger, et son bras se resserra autour de ma taille. Je m'immobilisai complètement.

— Salut, dis-je en m'appuyant contre lui.

— Salut.

Je roulai sous son bras pour lui faire face et lui embrassai le cou.

— Beth, il faut qu'on parle.

Il dut sentir que je me figeais, car il s'assit rapidement, me souleva et m'entraina avec lui. Il prit ma joue en coupe, me fixant dans les yeux. Les siens brillaient dans l'obscurité, et mon estomac se noua. Je l'aimais. Pas de question, de doute ou de regret. Je l'aimais.

— Tu es à moi. Pour toujours, déclara-t-il. Et il faut qu'on parle de la façon dont on y parviendra. Je ne peux pas retourner en enfer.

J'aspirai de l'air, le soulagement me donnant un coup dans le ventre.

— Qu'est-ce qu'on peut faire ?

— Il faut qu'on lève la malédiction. Je... je pense que les effets deviennent plus forts... quand on est ensemble.

— Oh non, je t'ai fait du mal..., commençai-je.

Mais il passa son pouce sur mes lèvres pour me couper.

— Il y a plus de pouvoir qui s'est déplacé qu'avant. Tes ailes sont vraiment incroyables, sourit-il. Sublimes, en fait.

Je déglutis. Maintenant qu'il en parlait, je sentais une boule de pouvoir brûlante dans ma poitrine, plus forte qu'avant.

— Que se passera-t-il quand on aura levé la malédiction ? redemandai-je, ne sachant pas quoi dire d'autre.

— Quatre choses. Espérons cinq.

Il laissa une de ses mains me caresser lentement le cou de bas en haut, enroulant ses doigts dans mes cheveux quand il arrivait jusque-là. Il leva l'autre et commença à cocher les points sur ses doigts pendant qu'il parlait.

— Numéro un : on découvre qui a essayé de me chasser du pouvoir. Ils seront obligés de m'affronter ou de reculer, une fois que je serai à pleine puissance. Numéro deux : on retrouve tes parents. Numéro trois : j'utilise mes talents divins de négociateur pour conclure un marché avec Examinus. Numéro quatre : on trouve un moyen de te rendre immortelle.

Je pris une inspiration encore plus grande.

— C'est une sacrée liste de choses à faire.

— Oui. Mais on peut le faire.

— Et Banks ?

— C'est le numéro cinq.

Je hochai la tête.

— Nox, tu penses vraiment qu'Examinus te laissera sortir de l'enfer ?

Auparavant, quand j'avais émis l'hypothèse qu'Examinus le laisse partir, Nox avait été catégorique : cela n'arriverait pas. Je ne savais pas ce qui lui avait fait changer d'avis. Un optimisme nourri par l'amour peut-être ?

— On a des options.

— On en a ?

— On en a, si tu as raison de croire que mon frère tient à moi.

— Que veux-tu dire ?

— Si Gabriel est prêt à aider, on aura peut-être un moyen de pression sur Examinus. Quelque chose que je peux utiliser pour négocier avec lui.

C'était un vrai changement d'attitude.

— Il y a quelques jours, tu pensais que Gabriel était celui qui essayait de te tuer.

— C'est encore possible qu'il le soit. Mais s'il ne l'est pas et, que tu l'as cerné aussi bien que tu as cerné Cornu et Madaleine, alors c'est notre meilleure chance. Et j'ai tendance à me fier à votre instinct, Miss Abbott.

L'agréable couverture de chaleur m'enveloppa à ces mots. Le respect d'un homme comme Nox était le meilleur aphrodisiaque au monde.

— Et puis, on trouvera un moyen de te faire vivre pour toujours.

Je lâchai son regard, accrochant ma lèvre entre mes dents. Je n'étais vraiment, vraiment pas sûre de savoir ce que je ressentais à ce sujet. L'idée m'était trop étrangère pour que je puisse seulement y réfléchir.

Il me prit la main, entrelaçant ses doigts avec les miens avant de les presser contre sa poitrine. Contre son cœur.

— Je veux que tu le possèdes aussi longtemps qu'il battra, Beth.

Une boule de la taille d'une balle de golf grossissait dans ma gorge.

— Mais..., commençai-je.

Mais il serra ma main plus fort dans la sienne, contre son corps ferme.

— Je ne peux pas supporter de te perdre. Et tu ne veux pas savoir les destructions je pourrais causer si je finissais comme Cornu.

Il m'adressa un sourire taquin, essayant d'atténuer la gravité de ce dont nous parlions.

— Tu es obligée de vivre aussi longtemps que moi, Beth, pour sauver l'humanité de mon chagrin.

Je lui adressai un regard mais, vraiment, j'étais reconnaissante qu'il ait rendu la conversation plus drôle et légère. Même si nous savions tous les deux qu'il y avait une part de vérité dans ses paroles. Le souvenir de l'esprit brisé de Cornu fit revenir la boule de golf.

— Nox ?

— Beth.

— Je t'aime.

C'était comme une dose de drogue de prononcer ces mots. Ça me transportait dans un endroit où j'étais invincible. Un endroit sûr, où toute mon attention était tournée vers lui, et où je ne pouvais pas perdre le contrôle de mes pensées. Un endroit où, ensemble, nous pourrions être n'importe quoi et faire n'importe quoi. Conquérir des mondes. Nous donner du plaisir jusqu'à ce qu'il n'y en ait plus. Danser. *Tout ce que nous voulions.*

— Je t'aime, répondit Nox.

Mes yeux me brûlèrent.

La romance m'avait toujours fait pleurer, mais j'étais habituée aux histoires des autres. Alors avoir l'amour de cet homme, dans la vraie vie... Cette histoire d'amour m'appartenait.

Tout avait changé. Brusquement, ce jour-là où j'étais entrée dans son bureau, puis avec une lenteur délicieuse depuis. Et maintenant, mon destin était totalement lié au sien. J'irais partout où il irait, car je savais qu'il viendrait avec moi. Je ne me lasserais jamais de lui et, chose assez étonnante, je savais qu'il ne se lasserait jamais de moi. Avec lui, je n'étais pas l'ennuyeuse Beth. En fait, je n'étais pas sûre d'être encore l'ennuyeuse Beth à mes propres yeux.

Son pouvoir en moi avait réveillé mon espoir perdu. Il avait trouvé les parties de mon âme qui s'étaient brisées, morceau par morceau, année après année, alors que je recherchais mes parents en vain. Il avait refusé que je me laisse utiliser quand j'étais trop épuisée pour continuer à me battre.

Et il avait rassemblé tous ces morceaux, comme du petit bois, pour réveiller un feu brûlant qui était éteint depuis trop longtemps.

Mon espoir perdu était de retour – fort, féroce et entier. Et il ne concernait plus seulement la recherche de mes parents.

J'étais digne de Nox. J'étais la femme qui le complétait. La seule femme. Sa femme.

Et j'étais prête à me battre pour mon homme.

VINGT-QUATRE

BETH

Je me réveillai le lendemain seulement quand la lumière vive me força à ouvrir mes paupières réticentes.

— Bonjour, ma belle.

Je sentis un poids à côté de moi et chassai le sommeil de mes yeux. Nox était assis sur le bord du lit, en pantalon de costume et chemise. Les rideaux étaient ouverts, et la lumière inondait la pièce.

— Bonjour. Tu vas travailler ? marmonnai-je lourdement.

— Je reviens tout juste du travail, dit-il en se penchant pour m'embrasser sur la joue.

— Quoi ? Quelle heure est-il ?

— Deux heures de l'après-midi.

— Merde !

Je me redressai, ce qui me donna un peu le vertige, et Nox rit.

— Tu as peur que ton patron te licencie pour ton retard ?

Je tendis la main pour le frapper. Ce mouvement fit tomber les draps de ma poitrine. Un regard affamé passa dans ses yeux alors qu'il regardait mon corps, puis de nouveau mon visage.

— Je crains qu'une répétition de la nuit dernière ne puisse m'achever, alors tu ferais mieux de mettre ces beaux seins de côté, avant que je fasse quelque chose de stupide, grogna-t-il.

J'agrippai le drap.

— Tu es beaucoup plus faible ? demandai-je, en proie à la culpabilité.

— Ça en valait la peine.

Je me redressai, serrant le drap contre ma poitrine. *Aucun doute. Pas de regrets.*

— Je t'ai réveillée parce que Béhémoth veut te parler.

— Oh là là.

La nervosité me picota le corps. Et si notre déclaration d'amour nous avait coûté la piste à propos du livre ?

Les souvenirs de la nuit dernière repassèrent dans ma tête, et je serrai plus fort le drap.

Il m'aime. Je l'aime. Nous étions éternels.

Si nous perdions la piste, cela en valait la peine. *À cent pour cent.*

— Où est-il ?

— En bas. Il s'avère qu'il n'avait jamais essayé le café auparavant. Je dois t'avertir : si tu pensais que cette chèvre était excitée avant la caféine, tu n'as encore rien vu.

· · ·

Nox n'avait pas exagéré. Béhémoth était fou.

— Je suis content que tu sois là, dit-il alors que j'entrais dans la cuisine.

Il trottait en cercle sur le carrelage, à côté de Belzépote qui était allongé, la langue pendante, et fixait le bouc. Nox poussa un café vers moi sur le comptoir, puis croisa les bras, un sourire aux lèvres. Je le remerciai avant de me retourner vers Béhémoth.

— Je vois que tu t'es lié d'amitié avec Belzépote.

— Oui. Il n'est pas très intelligent, mais c'est mieux que de parler à la pierre. Et il peut courir presque aussi vite que moi.

La chèvre miniature changea de direction, trottant dans le sens inverse des aiguilles d'une montre.

— Bon. Nox a dit que tu voulais parler ? J'ai des ennuis ?

— Techa souhaite vous voir.

Je regardai Nox et le vis se raidir.

— Quand ? aboya-t-il.

— À présent. Ici. Si vous le permettez ?

Le visage de Nox s'assombrit, mais je parlai avant qu'il ne le puisse.

— S'il te plaît, Nox. Finissons-en avec ça.

Il me regarda une seconde, puis hocha la tête.

Ma peau devint glaciale puis, dans une brume violette, Techa apparut à côté de Béhémoth. Il cessa de trotter.

— Quelle agréable surprise, déclara Nox en montrant bien qu'il n'en était rien.

— Je ne suis pas ici pour converser avec vous, dit-elle.

Et elle se tourna vers moi à la place. Je me préparai à la réprimande.

— Je suis informée que tu as fait preuve d'une véritable compassion envers une créature en deuil, que d'autres auraient rejetée. Et Béhémoth pense que tu essayes vraiment de redonner sa place à Lucifer, pour les bonnes raisons.

Elle lança un regard noir à Nox et me tendit une enveloppe.

— Ce sont des billets pour une vente aux enchères caritative au British Museum, ce soir. La vente est organisée par le Collectionneur. Il m'a acheté le livre. C'est votre meilleure chance de le retrouver. Et de bonne humeur.

— Merci, dis-je dans une bouffée d'air si chargée de soulagement que les mots ne sortirent pas correctement.

— C'est *toi* que je devrais remercier pour avoir contribué à éliminer ce fléau de Londres, dit-elle en faisant un signe de la main en direction de Nox.

Il lui adressa l'un de ses sourires les plus obscènes. Elle roula des yeux.

— La pierre de Béhémoth, s'il vous plaît, dit-elle en tendant la main.

Je ressentis une vive opposition à cette idée, une fois passé mon soulagement initial.

— Mais...

— Il n'y a plus besoin qu'on vous observe.

— Bien sûr. Ouais.

Je fouillai dans ma poche pour trouver l'œuf en pierre noir et doré. Elle chauffa dans ma main alors que je le tenais, et j'enroulai involontairement mes doigts autour.

Techa pencha la tête vers moi, puis regarda Béhémoth.

— S'inquiète-t-elle de perdre l'instrument qui amplifie ses pouvoirs ? lui demanda-t-elle comme si je n'étais même pas là.

Béhémoth cligna des yeux.

— Non. Je pense qu'elle s'inquiète de me perdre, moi.

— Vraiment ?

Je hochai la tête.

— Je l'aime bien.

Le beau génie me regarda.

— Béhémoth, souhaites-tu rester plus longtemps en compagnie de cette mortelle ?

— Un peu plus longtemps, ce ne serait pas une mauvaise chose, déclara la chèvre.

— Bien. Il peut rester avec toi jusqu'à ce que tu récupères le livre.

— Merci, dis-je, injectant autant de sincérité que possible dans ces deux mots.

Cette fois, les mots sortirent clairement.

— Appelle-moi, si tu as besoin de moi, Béhémoth, dit-elle avant de disparaitre.

Je clignai des yeux, regardant tour à tour Nox et la chèvre.

— Je pensais qu'elle serait fâchée qu'on t'ait quitté hier.

— Cela m'a donné l'occasion de lui dire comment tu as traité Cornu. Elle était aussi impressionnée que je le pensais, déclara Béhémoth en reprenant ses cercles.

Je regardai le petit bouc infernal et retournai la pierre

dans ma main. Elle chauffa de nouveau agréablement.

— Tu es sûr que cela ne te dérange pas de rester avec nous un peu plus longtemps ?

— Ça me dérange, dit Nox avec regret.

Mais il souriait.

— Pour de vrai ? dit Béhémoth en s'arrêtant et en tournant ses grands yeux vers moi.

Je hochai la tête.

— Rien que la vérité, dis-je.

— La proximité du Seigneur de l'enfer est agréable pour toute créature infernale, et je ne nierai pas que cela rend votre compagnie désirable, mais ce n'est pas pour cela que je veux rester. Je ne peux pas m'empêcher de sentir que tu as besoin de moi.

— Besoin de toi ?

Je levai les sourcils et me retins de lui demander ce qu'il pensait pouvoir faire pour moi que Nox ne pouvait pas.

— Oui. Je soupçonne fortement que ma magnificence pourrait bientôt être requise.

— Rien à voir avec le fait de revoir mon amie pour qu'elle te caresse, alors.

— Non. Rien du tout.

— Bon.

— Comme je n'ai plus besoin de t'observer, maintenant, tu peux m'envoyer dans la pierre lorsque tu désires de l'intimité. Même si je suis content de m'amuser quand nous sommes chez vous. J'aime converser avec votre animal de compagnie.

Je secouai la tête, un sourire s'étirant sur mon visage.

— Puis-je voir ces billets ?

Nox tendit la main, et je lui passai l'enveloppe. Il les scanna rapidement.

— Le Collectionneur est un homme très important à Londres. C'est un grand événement.

Il me regarda, les yeux brillants.

— Tu vas avoir besoin d'une robe. Je te retrouverai vers sept heures, et Rory et Béhémoth resteront avec toi jusque-là.

— Je suis sûre qu'ils vont adorer Béhémoth à Liberties of London.

Heureusement, les vendeuses de Liberties adoraient bel et bien Béhémoth. C'était un vrai petit charmeur quand il en avait envie.

Rory n'avait pas vraiment été contente de m'aider, cette fois encore, à acheter une robe. Mais elle n'avait certainement pas eu l'air aussi ennuyé que d'habitude.

Elle faisait du shopping avec une précision militaire, et le personnel devait savoir à quoi s'attendre car on lui répondit instantanément, en attrapant des robes sur des rails comme si elles avaient été placées là uniquement pour sa venue.

Elle aussi s'achèterait une robe pour la soirée et, après une heure dans le magasin, j'étais sûre qu'elle s'amusait secrètement.

. . .

Quand j'enfilai la robe dans ma chambre chez Nox une heure plus tard, j'étais contente d'avoir suivi mon instinct – ainsi que les conseils de Rory – et acheté quelque chose qui reflétait ma nouvelle assurance. Je n'aurais jamais porté une robe comme celle-ci il y a un mois.

Elle était rouge écarlate, et la moitié supérieure avait une forme de T-shirt moulant, en tissu très fin et transparent. Sur ma poitrine, cachant mes seins, il y avait une nuée de sequins écarlates et bordeaux, qui montaient jusqu'à ma gorge et descendaient vers mon nombril, telle une ombre subtile, avec des motifs floraux. La jupe partait de mes hanches et s'évasait avec assez de volume pour me donner l'impression d'être dans un film d'époque... ou un Disney. Le bas était lesté d'un gros volant, et l'envie de tourner me démangeait. Cédant à la tentation, je tournoyai. La jupe gonfla, atteignant son plein volume et volant autour de moi dans une débauche de rouge.

Je ne pus retenir mon rire ravi tandis que je pirouettais avant de m'arrêter devant le miroir du placard. Je fis bouger mes omoplates et regardai, captivée par le bruissement de mes ailes dorées. L'or et le rouge allaient bien ensemble.

— J'adore cette robe.

— Oui. Je vois ça, déclara Béhémoth.

Je passai près d'une heure à me coiffer et à me maquiller, Béhémoth bavardant aimablement pendant tout ce temps. J'essayai de coller à l'esprit Disney et épinglai mes cheveux sur le haut de mon crâne après les avoir bouclés. Si j'avais eu un diadème à portée de main, j'aurais peut-être parfaitement réussi mon look de princesse, pensai-je en examinant mon reflet.

Le tissu transparent sur mon ventre et mes épaules était suffisant pour rendre la robe un peu sexy, mais surtout elle avait l'air... féroce.

Je me sentais incroyable avec.

— Alors. De quoi j'ai l'air ?

— Je suis une magnifique bête infernale, et pas particulièrement adepte des modes humaines. Mais je crois que les hommes voudront avoir des relations sexuelles avec toi.

On frappa à la porte de la chambre. Mon estomac palpitait d'excitation et de nervosité quand j'allai répondre, mais ce n'était pas Nox. C'était Rory.

— Bien. Je vois que j'ai tapé dans le mille, encore une fois, dit-elle en me jetant un œil évaluateur de haut en bas. Tu ressembles à Belle, si elle portait du rouge sang.

Si j'étais Belle, alors Nox était la bête. Je décidai d'ignorer la comparaison.

— D'après Béhémoth, les hommes voudront avoir des relations sexuelles avec moi, lui dis-je.

— S'ils veulent que Nox leur arrache leurs couilles, alors qu'ils essayent.

— Oui. Bon. Tu es superbe, dis-je en changeant de sujet.

Et elle l'était. Elle portait une robe de satin blanc, soyeuse et lourde. Les bretelles lui tombaient presque jusqu'aux coudes, contrairement au bustier rigide de la robe, et il y avait une fente haute sur le côté gauche de la longue jupe.

— Merci. Tu es prête ?

— Aussi prête que je le serai jamais.

— Où est Nox ? demandai-je alors que nous nous rapprochions de la porte d'entrée de la maison.

Je n'avais vu aucun signe de lui et je ne pouvais pas sentir son parfum distinctif.

— Il est en train de régler quelque chose.

— Régler quoi ?

Rory me regarda par-dessus son épaule et je fus étonnée de voir un de ses rares sourires avant qu'elle ne parle.

— Une surprise. Pour toi.

VINGT-CINQ

BETH

Il y avait une limousine blanche devant la maison, et ça faisait bizarre de ne pas être dans la voiture de Claude. Il ne fallut pas longtemps pour se rendre au British Museum, et ma nervosité augmenta alors que nous nous approchions du bâtiment magnifiquement illuminé. La structure était massive, trapue et triangulaire au-dessus de l'entrée principale, ce qui la faisait ressembler à un ancien temple grec. C'était un bâtiment magnifique, même sans les lumières ambrées qui éclairaient les colonnes... Mais avec les lumières, ç'avait l'air magique. Un tapis rouge avait été déroulé devant les petites marches, et des centaines de personnes avec des appareils photo se pressaient sur les côtés.

— Merde, je ne savais pas que c'était si important, dis-je, l'anxiété me retournant l'estomac.

— Ils ne sont pas tous humains, déclara Rory. Cette soirée est aussi un événement magique. En haut pour eux, en bas pour nous.

La voiture s'arrêta, et je me raidis lorsque quelqu'un ouvrit la portière de l'extérieur. Lentement, prudemment, je sortis de la voiture. Les appareils photo clignotèrent aussitôt, et je plissai instinctivement la figure, évitant les flashs aveuglants.

— Putain, c'est qui ? entendis-je quelqu'un dire.

— Je ne sais pas.

Quelqu'un cria un nom – d'une pop star, pensai-je –, et tous les appareils s'éloignèrent. Je pris une inspiration, et Rory posa une main sur sa hanche à côté de moi.

— Monsieur Nox !

Les appareils photo firent demi-tour, et une odeur familière me parvint avant sa chaleur. Nox sortit de l'obscurité derrière la voiture. Et bon sang, qu'est-ce qu'il était beau.

Nox en smoking... Il aurait fallu lui coller un panneau : « attention, danger ». Le désir me traversa, et il sourit, et je sus qu'il savait à quoi je pensais. Et grâce à son pouvoir, je savais exactement ce qu'il pensait aussi de ma robe. La Luxure émanait de lui, et des images de la nuit précédente défilaient dans mon esprit, me faisant serrer les cuisses.

Quand il arriva près de nous, il enroula doucement un bras autour de ma taille et m'embrassa sur la joue.

— Tu es divine, souffla-t-il dans mon oreille.

— Tu es assez canon, toi aussi.

Il ressemblait à James Bond, si James Bond avait eu une facette plus sombre et été nettement plus cochon.

Il me tendit le coude, et nous remontâmes le tapis rouge, les gens lui criant des questions au fur et à mesure.

La plupart d'entre eux parlaient de qui j'étais. Il les ignora tous.

Quand nous arrivâmes au bout du tapis, Nox s'arrêta et se tourna vers les appareils photo, m'attirant près de lui.

— Souris, me dit-il. Je veux que tout le monde voie à quel point tu es belle et qu'ils sachent que tu es à moi.

Sa bouche bougea à peine pendant qu'il prononçait les mots, afin qu'ils soient juste pour moi. Je lui décochai un sourire rayonnant, et ses yeux se remplirent de lumière.

— Parfait.

Nous posâmes pour les caméras et, avec le bras de Nox autour de moi et la magnifique robe, je me sentis plus à ma place que je ne l'aurais jamais imaginé.

Juste derrière nous, Rory arborait son meilleur visage ennuyé, et Béhémoth se pavanait comme un paon. Je ne savais pas combien de paparazzi pouvaient le voir, ou Rory d'ailleurs, mais il ne semblait pas s'en soucier. Il était naturel.

Quand une star de cinéma sortit d'une voiture à l'autre bout du tapis rouge, nous saisîmes notre chance d'entrer. Je restai bouche bée devant l'espace. Contrairement à l'extérieur, c'était complètement moderne. Nous étions dans une pièce en forme d'anneau, dont le centre était une structure en plâtre blanc avec de hautes fenêtres noires. Tout était peint en blanc, sauf le plafond qui était en verre et recouvert d'un treillis de plomb. Il était voûté, amplifiant la sensation d'être à l'intérieur d'un tube circulaire.

— C'est génial, dis-je en le regardant.

— Tu n'es jamais venue ici avant ? demanda Nox.

— Analyste chez LAM, c'était un travail difficile, lui souris-je. Jamais eu le temps.

— Attends de voir les momies égyptiennes.

— Elles sont réelles ? Avec de vrais morts dedans ?

— Oui. De très vieilles.

Je fis une grimace.

— Bonsoir, M. Nox. Un plaisir de vous voir ici. Avez-vous votre invitation, s'il vous plaît ?

Une jeune femme en smoking tendit la main à Nox, dans l'expectative. Il sortit les invitations de sa poche et les lui tendit.

— Magnifique. Le Collectionneur est ravi que vous ayez pu venir. Votre salon est en bas, ce soir. Vous recevrez un paddle pour la vente aux enchères sur votre chemin.

Nous la remerciâmes et suivîmes son indication jusqu'à une double porte conduisant à gauche du bâtiment. Des membres du personnel plus élégamment habillés nous donnèrent des verres de champagne sur notre passage.

— C'est la pierre de Rosette, déclara Nox alors que nous approchions d'un énorme morceau de roche derrière une vitre.

Je vis que tout était couvert d'inscriptions.

— On peut remonter à l'origine de toute langue, ou la traduire, en utilisant ce qu'on a trouvé sur cette pierre au cours des siècles.

— Ouah. C'est magique ?

Nox secoua la tête.

— Non. Juste une histoire humaine intelligente. Mais l'homme qui dirige la partie magique de ce musée est connu sous le nom de Collectionneur, et il possède plus d'artefacts magiques que la plupart. Je suis sûr que quelques-uns seront en vente, ce soir.

— Tu es à la recherche de quelque chose ?

Un éclair passa dans ses yeux.

— Un livre, en l'occurrence, grogna-t-il à moitié

Et je me souvins de la véritable raison pour laquelle nous étions ici. Facile à oublier, après cette entrée théâtrale.

VINGT-SIX

BETH

Nous suivîmes le lent ruisseau de personnes jusqu'au fond de la salle, où un bar à cocktails avait été installé entre deux énormes statues de dieux grecs. De petites tables rondes et de hauts tabourets avaient été stratégiquement placés entre des statues et des présentoirs plus petits.

— J'ai une surprise pour toi, déclara Nox.

— Qu'est-ce que c'est ?

Il pointa du doigt. Au bar, magnifiquement vêtue d'une robe à volants dorée, se trouvait Francis.

Je regardai Nox avec ravissement, puis de nouveau Francis. Claude lui tenait doucement le coude d'une main et trinquait avec elle de l'autre.

— Sont-ils en rendez-vous ?

Nox sourit en hochant la tête, et l'expression enfantine de son visage me fit fondre de l'intérieur.

— C'est ma surprise ?

— Tu es contente ?

Je pressai mes lèvres contre les siennes en réponse.

— C'est la chose la plus parfaite qui soit.

— Beth !

Tout le monde regarda Francis crier mon nom quand elle me remarqua.

— Tu passes un bon moment ? demandai-je quand nous la rejoignîmes.

— Tu plaisantes ? Et comment est-ce que je pourrais passer un mauvais moment ici ? L'alcool est gratuit !

Je ris.

— Tu es très belle.

— Je sais ! Je n'avais pas porté cette robe depuis des années. A vrai dire, elle ne ferme pas tout à fait dans le dos, mais Claude a promis qu'il était habile avec les épingles de sûreté, si je décide de lui permettre de me l'enlever plus tard.

Claude rougit d'un rouge profond, darda le regard vers Nox et but son verre.

Nous trouvâmes une table autour de laquelle nous pouvions tous tenir debout, et je visitai l'impressionnante salle. Il y avait des gens que je reconnaissais partout – des films, de la télévision et des couvertures de leurs albums ou de leurs vidéos sur les réseaux sociaux.

Je ne passais pas beaucoup de temps sur les réseaux sociaux. Les groupes culinaires et littéraires représentaient l'étendue de mes interactions en ligne. Mais les vidéos virales ne m'échappaient pas complètement, et je reconnus une femme qui avait une grosse chaîne de maquillage et un type qui jouait à des jeux vidéo en ligne pour des millions de téléspectateurs.

Une femme en superbe robe noire qui bougeait comme de la dentelle liquide s'approcha de nous, battant des cils à l'attention de Nox et nous accordant à peine, à moi ou à Rory, un regard. Je supposai qu'elle n'était pas magique, parce qu'elle ne darda pas une seule œillade en direction de mes ailes, contrairement à beaucoup d'invités.

— C'est un plaisir de vous voir, M. Nox, s'exclama-t-elle. Êtes-vous ici pour acheter quelque chose en particulier ? gazouilla-t-elle.

— Non. Je n'ai pas regardé le catalogue, répondit Nox.

Elle poussa un soupir, puis un petit rire.

— Vous n'êtes pas censé le dire ! murmura-t-elle. Espèce de vilain garçon.

Son sourire était devenu prédateur, et la chaleur dans ma poitrine s'éveilla. Je sentis la Luxure suinter d'elle quand elle mata Nox. La Cupidité était là aussi, réalisai-je. Elle voulait plus que son corps. Elle voulait sa richesse, et son statut aussi. Je m'avançai, passant mon bras sous celui de Nox.

— Salut, souris-je. Je suis Beth.

— Oh. Je suis Suzy Fairport. Je possède Digital Media Diaries. Que faites-vous dans la vie, Beth ?

Le défi était clair. Elle avait un bon travail. J'étais censée faire mieux, ou lui laisser la place.

— De la recherche.

— Quel genre ?

Je cherchai une réponse qui n'était pas « retrouver des merdes magiques pour le compte du diable ».

— Financier.

La compréhension passa sur son visage.

— Chez LAM Services Financiers ?

Je hochai la tête.

— Donc, M. Nox ici est votre patron.

Elle sourit d'un air suffisant, réalisant que je n'étais qu'une employée du célibataire incroyablement sexy et riche devant elle.

— Et son amant, dit Nox.

Je sentis mes joues s'étirer en un sourire, alors que l'expression de la femme se pinçait.

— Oh. Bien. Tant mieux pour vous ! dit-elle maladroitement. Eh bien, je dois y aller. Au revoir.

Elle s'éclipsa.

— Je veux me débarrasser de la suivante, dis-je doucement à Nox, toujours souriante.

Il m'adressa lui-même un sourire malicieux.

— Pigé.

Ensemble, nous repoussâmes un barrage de femmes coquettes pendant la demi-heure suivante. Je ralentis sur le champagne, craignant de devenir trop arrogante dans ma revendication publique de Nox. Cependant, je commençais à m'amuser. Femme magnifique après femme magnifique, toutes s'excusèrent et s'en allèrent chaque fois qu'il devenait parfaitement clair que Nox était avec moi. Et merde, ça faisait du bien !

Je regardai la petite table où Claude et Francis étaient maintenant assis. Francis avait la tête penchée en arrière, riant aux éclats à quelque chose, et les yeux de Claude pétillaient en la regardant.

— Tu sais, il pourrait bien se passer quelque chose là-bas.

— Dois-je les aider ? dit Nox, une lueur dans ses propres yeux.

Je le frappai joyeusement sur le bras.

— N'essaye pas de t'impliquer.

Il haussa les sourcils.

— Trop tard pour ça. Je leur ai organisé un rencard.

Je lui décochai un sourire radieux.

— Je sais.

Je les regardai.

— Mais sérieusement, la dernière chose dont Francis a besoin, c'est de plus de luxure. Elle est déjà assez coquine.

— Je vais nous apporter d'autres verres, déclara Nox.

Mais alors que je commençais à le remercier, son attitude détendue disparut, et son expression se durcit.

— Qu'est-ce qui ne va pas ?

— L'Envie est là. Je peux sentir le pouvoir.

— Oh là là, vraiment ? m'exclamai-je sans pouvoir retenir l'excitation de ma propre voix. Nox, c'est super !

Rory se pencha vers nous.

— Est-ce que je viens de vous entendre dire que l'Envie était là ?

Nox hocha la tête.

— Quelque chose ne va pas, cependant, le pouvoir du péché semble bizarre...

Je fronçai les sourcils.

— Tu sais à quoi elle ressemble ?

— Non. Je l'ai vue pour la dernière fois il y a six décennies. Son apparence aura changé entretemps, sans aucun doute.

— Tout ce que nous savons, c'est son pseudo sur les réseaux sociaux, déclara Rory.

— Que fait son pouvoir ?

— Cela rend les gens envieux, répondit-elle comme si j'avais dix ans et que j'étais stupide.

Je lui décochai un regard noir.

— Sans blague. Tu sais ce que je voulais dire. Elle peut faire d'autres trucs qu'on devrait connaître, ou elle va simplement rendre les gens autour d'elle jaloux ?

Nox me répondit.

— Le pouvoir de l'Envie pousse les gens à se comporter de manière irrationnelle. Cela leur fait croire que ceux qui réussissent ne l'ont pas vraiment mérité. En plus d'un sentiment de jalousie, il invoque aussi la colère, l'indignation et l'autosatisfaction.

— Ça a l'air charmant, dis-je.

— Je n'ai jamais apprécié.

Il était facile d'oublier que Nox était la source du pouvoir des péchés. Une fois de plus, la peinture me vint à l'esprit. Il représentait le gardien des ténèbres, luttant contre la lumière. Qu'il le veuille ou non, il était censé abriter ce mal.

Je bus un peu de mon champagne.

Nox se tendit, une chaleur émanant de lui, et je regardai autour alors que son pouvoir explosait en moi. Je pouvais sentir quelque chose. Quelqu'un.

L'Envie.

Tout le monde autour de nous commençait à suinter de la jalousie. Je ne pouvais pas entendre leurs pensées ou quoi que ce soit, je sentais juste émaner un sentiment profond de vouloir ce que tout le monde avait.

— Bonsoir, Lucifer. Je suis surpris que vous ayez trouvé votre chemin jusqu'ici ce soir.

La voix appartenait à un vieil homme exceptionnellement élégant, avec une barbe noire et soignée, des yeux froids bleu glacier et un chapeau haut de forme. D'une manière ou d'une autre, son smoking était plus droit et plus soigné que tous ceux que j'avais vus. À côté de lui se tenait une femme aux cheveux blonds ondulés et en longue robe vert émeraude. Elle avait un visage de poupée, effronté, parfait et magnifique. Et elle était la source du pouvoir que je pouvais ressentir.

— Bonsoir, dit Nox, ses yeux passant de l'un à l'autre. J'ai reçu une invitation inattendue. Je crois que vous avez quelque chose à moi.

Donc, c'était le Collectionneur. Ma nervosité monta d'un cran lorsque je réalisai à quel point cette conversation était importante.

— Oui, en effet.

Mon souffle s'arrêta. *L'avions-nous vraiment trouvé ?*

— Je souhaite le retrouver.

Nox avait l'air parfaitement tranquille, comme s'il s'agissait des affaires. Ce qui était surprenant, étant donné que l'homme à qui il parlait était impliqué dans le vol de son bien.

— Cela peut être arrangé. Pour un prix.

Le Collectionneur lui sourit, et c'était un sourire froid et cruel.

— Retrouvez-moi après la vente aux enchères. Près du Sphinx. Nous en discuterons en privé.

— Bien, dit Nox.

Puis il hocha la tête vers la femme blonde.

— Ça faisait longtemps, dit-il.

Elle lui adressa un sourire aussi froid que celui du Collectionneur.

— Lucifer.

— Je te cherchais.

— Et je t'évitais. Ton vampire geek m'a fait chier.

Il y avait une tension dans sa voix et son visage qui me fit tomber d'accord avec Nox. Quelque chose n'allait pas. Plus je l'observais, plus j'avais l'impression que mon plus grand désir était de lui ressembler. De vivre comme elle. D'être elle.

Je me secouai, prenant une gorgée de mon verre et refoulant la sensation, me concentrant plutôt sur Nox.

— Alors, tu es ici pour acheter ?

La question de Nox était décontractée, et le Collectionneur rit.

— Ah, ces jeux auxquels nous jouons..., sourit-il. L'Envie ici présente est douée pour les jeux. Elle était la meilleure, en fait. Mais j'ai peur de l'avoir surpassée.

Je pus voir la haine dans les yeux de l'Envie quand elle le regarda.

Une énergie commença à picoter autour de nous, d'une manière qui semblait tangible et pas complètement désagréable.

— Je travaille pour le Collectionneur maintenant, déclara l'Envie.

Il y avait du poison dans ses paroles.

— Jusqu'à ce que la dette soit remboursée, acquiesça-t-il. J'ai découvert, en tant qu'acheteur et vendeur d'articles, qu'un petit regain d'envie faisait des merveilles sur ma capacité à obtenir un bon prix et à conclure une vente.

— Vous l'utilisez pour que les gens paient plus cher !?

Je ne pus retenir mon exclamation, et tout le monde me regarda.

— J'ai entendu dire que Lucifer avait un nouvel animal de compagnie, dit le Collectionneur d'un air songeur, en me regardant de haut en bas, son regard s'attardant sur mes ailes. Une mortelle, étonnamment. Une mortelle aux ailes dorées.

— Tu es retenue contre ta volonté ? demanda Nox à l'Envie, ignorant les mots du Collectionneur, mais montrant une pointe de colère dans sa voix pour la première fois.

L'Envie dévisagea Nox un instant, puis secoua la tête.

— C'est un arrangement commercial.

— Elle a signé sur la ligne en pointillé, Lucifer. Vous êtes bien placé pour savoir comment cela fonctionne.

Nox le dévisagea et, encore une fois, je fus surprise de voir à quel point il était calme. Je ne me sentais pas calme. Je me sentais furieuse.

Ce connard se pavanait avec l'Envie lors d'une vente

aux enchères pour que tout le monde veuille gagner, et elle ne voulait clairement pas être ici.

— En parlant de marché, peut-être qu'en négociant le retour de mon livre, on pourra également discuter du contrat de l'Envie.

Le joli visage de l'Envie était furieux.

— J'ai entendu une rumeur selon laquelle tu cherchais les anges à qui tu as donné tes péchés, mais je ne pensais pas que c'était vrai. Qu'est-ce que tu veux de moi ?

Nox se contenta de la fixer, et son visage pâlit.

— Non. Tu ne peux pas sérieusement penser que je vais juste y renoncer. C'est ma vie, Lucifer. Je suis ce que tu as fait de moi, tu ne peux pas débarquer un beau jour et tout emporter.

La peur se mêlait à la colère dans ses mots et, pendant un moment, j'eus pitié d'elle.

— Ç'a toujours été le marché, Envie. Tu le savais quand tu as signé les papiers.

Le Collectionneur passa une main sur sa fine barbe.

— Comme c'est fascinant. Cela pourrait vous coûter cher, Lucifer.

— Alors ça tombe bien que je sois incroyablement riche.

Le Collectionneur éclata de rire.

— En effet. Je vous verrai après la vente aux enchères. Profitez de la soirée.

VINGT-SEPT

BETH

—Est-ce normal que je me sente mal pour elle ? demandai-je alors qu'ils s'éloignaient à grands pas, non sans que l'Envie nous lance un regard cinglant par-dessus son épaule.

— Je me sens mal pour elle, coincé avec ce connard.

— Mais pas de vouloir lui enlever son pouvoir ?

— Ce n'est pas son pouvoir.

Rory s'approcha de nous.

— Donc, on n'a pas pu la trouver pendant tout ce temps parce que le Collectionneur la gardait ?

— Vraisemblablement.

— Pourquoi t'aurait-il laissé la voir ce soir, alors ?

— Il veut la revendre ?

— On ne peut pas vendre les gens, sifflai-je.

Ils me regardèrent tous les deux.

— Beth, les anges, les saints ou les déchus, sont pour la plupart immortels et ont une durée de vie indéfinie. Ils négocient souvent avec des contrats, car le temps est leur seule ressource illimitée.

J'essayai de donner un sens à cela dans ma tête.

— Vous offrez du temps si vous n'avez pas d'argent ?

— Essentiellement, oui. L'Envie s'est attiré des ennuis et a offert d'être utilisée, elle et son pouvoir, pendant un certain temps pour effacer sa dette. Et Rory marque un point. Je suis le seul à voir l'Envie, à reconnaître son pouvoir et à savoir qui elle est vraiment. S'il l'a gardée cachée tout ce temps, pourquoi l'exposer ce soir, alors que je suis là ?

— Un piège, dit Rory, d'une voix grave.

— On a été envoyés ici par Techa. Aurait-elle pu nous piéger ?

Béhémoth renifla.

— Jamais. Et elle ne m'aurait pas envoyé avec toi si elle l'avait fait.

— C'est vrai.

— L'Envie a dit elle-même qu'elle avait entendu des rumeurs selon lesquelles je la cherchais. Le Collectionneur est un homme exceptionnellement cupide. Il vient peut-être de voir une opportunité de gagner plus d'argent grâce à moi.

J'espérais que ce serait le cas. Si nous pouvions obtenir le livre et la page de l'Envie ce soir, ce serait un énorme pas en avant. Il ne nous resterait plus que l'Orgueil.

· · ·

Les serveurs se déplaçaient dans la foule, orientant les gens vers l'une des deux séries de portes. Je supposai qu'une était magique et l'autre non. Nous fûmes envoyés à gauche, en bas de larges escaliers et dans une grande pièce aménagée avec de nombreuses tables rondes et une petite plate-forme surélevée à une extrémité. Les hautes fenêtres étaient drapées de lourds rideaux de velours rouge lacé d'or, et un lustre finement orné était suspendu au-dessus. Des peintures étaient accrochées au mur, dont beaucoup étaient abstraites et lumineuses, avec quelques portraits sereins brisant la couleur.

Une jeune femme nous donna des paddles numérotés, et on nous montra une table avec nos noms sur des marque-places.

— Pourquoi je n'en ai pas ? grommela Béhémoth.

— Je ne pense pas que les chèvres miniatures aient leur propre siège ici. Pardon.

— Quelle grossièreté, souffla-t-il avant de se frayer un chemin sous la nappe.

— Tu boudes là-dessous ? lui demandai-je en m'asseyant à ma place désignée.

— Non.

— Bon. Parce que les magnifiques bêtes infernales ne boudent pas.

— Je suppose que non, dit-il en ressortant de sous la table.

— Tu peux me rendre un service ? Tu peux aller faire un petit tour dans la pièce et voir s'il y a quelque chose d'anormal ?

Ses yeux brillèrent, et il tapota des pieds.

— Je vais le faire immédiatement, dit-il

Et il s'éloigna.

Nox me regarda.

— Tu as fait cela juste pour qu'il se sente mieux de ne pas avoir de siège ?

— Oui. Il est mignon. Je l'aime bien.

Nox se pencha et embrassa doucement ma joue.

— Tu me fascines.

— Ils ont mal épelé mon nom, dis-je en prenant mon marque-place. C'est écrit : « Beth Appott », au lieu de « Abbott ».

Alors que je déplaçais la carte dans ma main, je réalisai qu'il y avait une inscription au dos de celle-ci. J'eus le souffle coupé. C'était la même écriture qu'avant.

L'écriture qui ressemblait à celle de ma mère.

Achète le collier de rubis. Quoi que tu fasses, tu dois acheter le collier de rubis.

— Nox, sifflai-je.

Je lui montrai la carte.

— Qu'est-ce qu'on fait ? Tu penses que ça vient de ma mère ?

— Je ne sais pas. Enchéris sur le collier. Achète-le, répondit-il d'une voix basse et rauque.

Je hochai la tête.

— Beth !

La voix de Béhémoth résonna dans ma tête, et je le cherchai. La salle se remplissait, les invités maintenant assis à la plupart des tables, et je ne pouvais pas le voir.

Je lui répondis à haute voix, me sentant un peu stupide et n'ayant aucune idée s'il pouvait m'entendre.

— Béhémoth ?

— Cornu est là.

— Quoi ?

— Je ne sais pas comment il est entré, mais il est assis à une table avec un nom très différent du sien.

— Est-ce qu'il est ivre ?

— Non. En fait, il est plutôt séduisant.

Nox haussa les sourcils.

— Putain de démons. S'il gâche quoi que ce soit ce soir, je le renverrai en enfer pour de bon.

Avant que je puisse répondre, les lumières s'éteignirent, et la plate-forme fut éclairée par de petits projecteurs. Le Collectionneur monta sur scène, s'arrêtant derrière un pupitre en bois. Il était visiblement notre commissaire-priseur pour la soirée.

— Bienvenue, mes chers invités magiques, dit-il avec son accent pincé. Nous sommes réunis ici ce soir pour la vente aux enchères du siècle.

Il fallut un certain temps pour que ça démarre mais, une fois que cela fut fait, on enchérit à bâtons rompus.

L'Envie se tenait à côté du Collectionneur, à brandir chaque article à vendre. S'il n'y avait pas beaucoup de réaction de la part du public, le Collectionneur la pressait d'aller plus loin dans la pièce afin qu'elle marche entre les tables et montre les lots.

J'assistai aux premières ventes : une énorme horloge grand-père peinte d'aigles bleus pour cinq mille livres, une robe qui changeait de couleur pour deux mille livres et une épée presque aussi grande que moi, pour dix mille livres.

— Et ensuite, nous avons ce magnifique collier. Qu'en pensons-nous ?

Les lumières s'éteignirent, puis s'allumèrent pour révéler le collier.

— Un pendentif rubis, composé de deux panneaux carrés de rubis sertis dans de l'or blanc.

La pièce bourdonna de hoquets et de bavardages excités. C'était magnifique. J'étais tellement occupée à le contempler que je n'entendis même pas la première enchère. Nox tendit sa main sous la table et je sursautai lorsqu'il me serra la cuisse.

— Si c'est le collier que tu es censée acheter, tu ferais mieux de commencer à enchérir, chuchota-t-il.

— Bien, dis-je, ma gorge serrée par la tension.

Ma main se leva en l'air, et le Collectionneur pointa dans ma direction.

— Dix mille, dit-il.

— Quoi ?

Je n'avais pas réalisé à quel point les enchères étaient

déjà élevées et je me sentis malade en regardant Nox. Il me sourit.

— Quinze mille, dit une voix à l'avant.

— Trente mille, cria une voix à travers la pièce.

Ma gorge était sèche, et j'entendais à peine par-dessus le bruit de mon propre pouls.

— Nox, je ne peux pas me le permettre !

— Je peux. Ce qui signifie que tu peux.

La chaleur dans ma poitrine s'enflamma, sous l'effet du désir de posséder le beau bijou, mais aussi de battre tout le monde.

Je savais que c'était le pouvoir de la Cupidité en moi et, sans aucun doute, l'influence de l'Envie.

Mais il y avait autre chose d'encore plus fort que les pouvoirs du péché : ma mère m'avait dit d'obtenir le collier. J'étais tellement sûre que les petits mots venaient d'elle.

— La dame propose cinquante mille dollars.

Je levai les yeux vers la scène. Une femme vêtue d'une belle robe de créateur à la table de devant tenait son paddle, faisant un signe de tête au Collectionneur. Nox me serra de nouveau la cuisse, et je levai mon propre paddle.

— Est-ce que j'entends cinquante-cinq ? Cinquante-cinq ?

Il me pointa du doigt.

— Cinquante-cinq ici. Plus ?

— Cinquante-six, dit une voix bourrue à l'avant.

— Soixante, dis-je d'une voix tremblante, ma main toujours en l'air.

— Soixante-cinq, dit la femme à l'avant.

— Soixante-six, dis-je, ma paume moite sur le paddle.

— Soixante-dix, dit la voix bourrue.

— Soixante et onze, dis-je.

— Quatre-vingts.

— Quatre-vingt-un, dis-je.

— Quatre-vingt-dix, renchérit-il.

Et je pus entendre le sourire dans sa voix. Mon cœur se serra. Il allait obtenir le collier. Je baissai mon paddle et le regardai fixement, comprenant que j'avais perdu.

— Pourquoi tu as arrêté ? siffla Nox.

— C'est une énorme somme d'argent, murmurai-je.

Nox prit ma main pour l'embrasser.

— Continue à enchérir.

Je secouai la tête, ravalant la voix qui me criait de prendre ce que je voulais. La voix nourrie par la Cupidité.

— Je ne peux pas. Tu ne peux pas te permettre ça.

— Si, je peux. Et tu dois l'acheter. Continue à enchérir.

Je vis la femme de devant passer à quatre-vingt-quinze mille.

— Cent mille, dit Nox à côté de moi.

— Non ! dis-je.

Mais, au même moment, Nox referma sa main autour de la mienne et leva notre paddle.

Le Collectionneur se tourna vers nous.

Je regardai Nox, la bouche ouverte.

— Cent mille pour cette superbe pièce, dit le Collectionneur en pointant sa main vers moi. De la part de la jeune femme avec M. Nox. Plus ? demanda-t-il en regardant autour de lui dans la pièce.

L'Envie passa lentement devant la femme à la table de devant, en faisant miroiter le bijou étincelant. Mais la bouche de la femme formait une ligne pincée, et elle secoua la tête. L'Envie changea de direction, s'approchant du propriétaire à la voix bourrue. Il y eut un silence.

— Une fois...

Je retins mon souffle.

— Deux fois... Vendu. Le collier de rubis est vendu à la dame de la table quarante-quatre.

Les lumières s'éteignirent, et la vente aux enchères se poursuivit. J'attrapai le bras de Nox.

— Oouuaaoouuh ! s'écria Francis de l'autre côté de la table. Beth, tu en as de la veine ! Et je parle du collier *et* du joli garçon qui peut se le permettre pour toi !

— Pourquoi as-tu dépensé autant d'argent ? sifflai-je à Nox, en essayant de l'ignorer. Et si c'est sans valeur, ou une ruse, ou...

Nox me coupa en tenant son doigt contre mes lèvres.

— J'aurai perdu plus que ça d'ici la fin de la soirée, et je gagnerai dix fois ça demain.

Je le dévisageai. La Cupidité grondait à nouveau en moi, et l'idée de vivre avec autant d'argent tout le temps tournait joyeusement dans mon esprit.

Tiens-toi bien ! dis-je au pouvoir errant. *On a acheté le collier parce qu'on en a besoin. Maman croit qu'on en a besoin. Pas parce qu'il est si beau...*

— Et s'il s'avère que ce n'est rien, ça t'ira magnifiquement bien... si tu le portes sans rien d'autre, souffla Nox, sa main effleurant l'intérieur de ma cuisse.

Je pris une grande inspiration, l'image passant de son esprit au mien. Moi, marchant vers lui, toute nue, le rubis rougeoyant sur ma gorge.

Il avait raison. J'avais l'air magnifique.

— C'est à ça que je ressemble pour toi ? chuchotai-je.

— Non. C'est à ça que tu ressembles dans la vraie vie. Tu es magnifique.

Mon visage rougit de plaisir à ces paroles.

— Merci.

— Quand on aura récupéré le Livre et la page de l'Envie, alors peut-être que je pourrai passer un peu plus de temps à te convaincre.

VINGT-HUIT

BETH

— J'aurais préféré qu'ils ne soient pas là, déclara Nox.

Nous nous tenions près du sphinx, comme prévu. Mais nous n'étions pas seuls. La présence de Rory et de Béhémoth était en quelque sorte évidente, mais nous n'avions pas pu nous débarrasser de Francis et de Claude. Nous avions seulement réussi à les faire se tenir à dix pieds de distance, devant une plus petite statue de scarabée. Ils bavardaient toujours avec animation.

Francis me vit les regarder et m'adressa un signe de la main gaiement.

— Dis-moi juste si tu as besoin de notre aide, ma chérie ! hurla-t-elle, inutilement fort.

— Promis, lui répondis-je.

Je me retournai vers Nox.

— Je suis sûre qu'elle ne gênera pas, dis-je, incapable de retenir le doute dans ma voix. Elle ne sort pas beaucoup.

— Ce n'est pas ça qui m'inquiète. Je l'aime bien. Je ne voudrais pas qu'il se passe quelque chose qui la bouleverserait. Ou toi.

Mon cœur fit un bond. J'adorais qu'il apprécie Francis.

— Elle est assez robuste. Si ses histoires sont vraies, elle a vu presque autant de débauche dans sa vie que toi.

Il m'adressa un sourire sans joie.

— Il devrait être là, maintenant. Il me fait attendre exprès.

Une fois la vente aux enchères terminée, tous les autres avaient été invités à une fête dans un bar voisin. Il semblait que nous étions les seules personnes à s'être enfoncées plus profondément dans le musée, au lieu d'en sortir. Enfin, ce n'était pas tout à fait vrai.

— Cornu se cache toujours derrière ce pilier ? demandai-je à Nox.

— Ouais.

Le démon devait savoir que Nox pouvait le sentir, mais il n'avait pas choisi de se montrer. Nox avait suggéré que nous le laissions simplement nous suivre, plutôt que de prendre le risque d'attirer l'attention du Collectionneur sur notre espion. Sans doute, Cornu voulait juste s'assurer qu'il ne manquait pas une occasion d'avoir sa vengeance.

— Lucifer.

Le Collectionneur apparut sous l'arche à l'autre bout de la pièce. L'Envie était à côté de lui, et elle avait des menottes brillantes.

— Je m'excuse pour mon retard. J'ai eu une tentative d'évasion à gérer.

L'Envie lui lança un regard noir, et je ressentis une pointe de culpabilité. J'aurais probablement essayé, moi aussi, de prendre la fuite, si j'avais été sur le point d'être vendue et de me voir retirer mon pouvoir magique.

Le Collectionneur et l'Envie s'arrêtèrent devant nous, et il jeta un bref coup d'œil à Francis et Claude. Ces derniers s'étaient tus et regardaient notre groupe.

— Je dois dire que vous avez une drôle de compagnie, ces jours-ci, dit le Collectionneur avec un petit hochement de tête. Est-ce que c'est une chèvre des enfers miniature ?

— Oui. Il n'est pas à vendre.

— Dommage. Je crois que c'est à vous, madame, dit encore le Collectionneur en faisant un signe de tête à l'Envie.

À contrecœur, celle-ci leva une grande boîte noire avec le collier de rubis à l'intérieur.

— Oh. Merci.

Je tendis la main. La boîte était trop grande pour mon sac à main, et l'Envie secoua la tête.

— Il suffit de le mettre.

J'ouvris la bouche pour discuter mais, en regardant le collier, je décidai qu'elle avait probablement raison. C'était beau, après tout. Je le sortis de la boîte et le fixai autour de mon cou.

— Aux affaires, dit le Collectionneur, déplaçant son attention de moi pour la donner à Nox. Vous souhaitez acheter le Livre des Péchés ?

— *Mon* Livre des Péchés, qui m'a été volé, puis revendu illégalement. Oui.

Le Collectionneur éclata de rire.

— Je manquerais de doigts pour compter le nombre d'objets procurés illégalement que vous avez vous-même apportés dans mes couloirs au cours des siècles, Lucifer.

— Donnez votre prix, déclara Nox.

Je pouvais entendre une certaine tension se glisser dans sa voix.

— Deux millions. Et un échantillon du mont Ignis.

Je me mordis la langue pour empêcher ma mâchoire de s'ouvrir. *Deux millions.*

— Un million, répliqua Nox. Et je veux l'Envie. Vous pouvez avoir un échantillon du mont Calidum à la place.

— Deux millions, et vous aurez l'Envie. J'ai déjà des échantillons du mont Calidum, tout le monde en a. Ils ne valent rien à mes yeux. C'est le mont Ignis ou rien.

— Il n'est pas facile d'obtenir de la roche du mont Ignis.

— Je suis bien au courant de cela. C'est pourquoi j'en veux.

Il y eut un long silence, et j'étais sûre que tout le monde pouvait entendre battre mon cœur.

— Bien, dit finalement Nox. Mais pas plus d'un million et demi.

— Un soixante-quinze.

— Je veux le livre d'abord.

— Signez ici.

Il sortit un parchemin de sa manche et le déroula avec solennité. De l'encre noire inonda la page, avant de se solidifier en un gribouillis que je pus à peine déchiffrer comme étant les termes dont on venait de convenir.

Nox sortit un stylo d'une poche intérieure de sa veste et agita la main. Le parchemin vola du Collectionneur jusqu'à lui.

À la seconde où le contrat fut signé, le Collectionneur eut un sourire rayonnant.

— Je vous laisse, dit-il à l'Envie. Je vais chercher le livre. Attendez ici.

Il retourna dans le couloir, et l'Envie lança un regard noir à Nox.

— La page, s'il te plaît, lui dit-il.

— Comme si je l'avais avec moi, cracha-t-elle.

— Je sais que tu l'as avec toi. Donne-la-moi maintenant.

— Je ne l'ai pas, répéta-t-elle à haute voix.

— Je vais te libérer du contrat et m'assurer que tu sois financièrement en sécurité pour les trois prochaines années si tu me donnes cette putain de page maintenant.

Elle le fixa, les yeux plissés.

— Tu as trente secondes, Envie. Je n'ai pas besoin de t'offrir quoi que ce soit en retour, je pourrais juste t'y contraindre. Mais je préfère ne pas le faire.

— Tu essayes de sauver ma dignité, n'est-ce pas ? dit-elle d'un ton sarcastique.

Mais l'envie de lutter l'avait quittée, cela se voyait dans l'affaissement de ses épaules. Elle se pencha, les mains toujours menottées.

— Tu sais, peut-être que ce ne sera pas si mal de me

débarrasser de ce putain de pouvoir. Peut-être que je vais avoir un peu la paix, pour une fois.

— Peut-être que tu n'en as plus besoin, dis-je. Tu n'as pas une énorme communauté sur les réseaux sociaux, maintenant ? Je suis sûre que tes fans resteront avec toi. Ils ne remarqueront probablement même pas que quelque chose a changé.

Elle redressa la tête pour me regarder, et je vis qu'elle détachait la bride de sa sandale.

— Merci pour tes paroles de sagesse, miss paix dans le monde, marmonna-t-elle.

Puis elle arracha sa chaussure de son pied.

Elle tira sur le talon aiguille qui, à ma grande surprise, se sépara du reste de la chaussure avec un claquement, pour se balancer sur une charnière. Elle le renversa, et un petit morceau de papier enroulé en sortit. Elle hésita une seconde et le tendit à Nox.

Ses ailes se déployèrent immédiatement derrière lui, et j'entendis Francis haleter.

Nox commença à lire la page en latin, rapidement, les ombres se massant autour de lui. Il ne perdait pas de temps, et je supposai qu'il ne voulait pas que le Collectionneur soit présent lorsqu'il reprendrait son pouvoir.

Des ombres jaillirent autour de l'Envie, se déversant de son corps, et la peur envahit ses beaux yeux avant qu'ils ne se ferment, et sa tête se renversa en arrière.

Nox frappa dans ses mains, et de la lumière bleue brillante apparut entre eux quand il les sépara. Les ombres se précipitèrent vers lui, fusionnant et tourbillonnant, avant de s'étendre sur ses ailes. Comme auparavant, la masse de puissance obscure sembla se fondre dans ses plumes et, en un instant, ce fut fini.

L'Envie ouvrit les yeux, et les ailes de Nox se rétractèrent lentement alors qu'il mettait le petit morceau de papier dans sa poche intérieure.

— Merci. Je te ferai transférer des fonds demain.

L'Envie lui lança un regard noir, puis leva ses poignets menottés. Nox dit quelque chose en latin et les toucha, et elles disparurent. L'Envie s'accroupit, referma sa sandale, puis pivota en se levant, en évitant de nous regarder. Le claquement de ses talons s'estompa alors qu'elle quittait le couloir.

Les yeux de Nox brillaient quand je le regardai.

— Encore un, soufflai-je en essayant de garder une voix calme.

Il rayonnait de puissance et était, en quelque sorte, encore plus séduisant qu'il ne l'avait été toute la soirée.

Avant qu'il ne puisse répondre, il y eut un bruit de pas, cette fois, pas de talons aiguilles.

— Le Livre des Péchés, fit la voix du Collectionneur.

Il émergea de derrière la statue du sphinx.

Je plissai les yeux alors qu'il se rapprochait.

La Cupidité lui suintait par tous les pores, si épaisse et puissante que j'eus du mal à me concentrer sur autre chose. *Pourquoi ressentait-il tant de Cupidité ?* Il n'en avait pas ressenti autant quand Nox avait signé le parchemin.

Je sentis la chaleur de Nox à côté de moi et lui coulai

un regard. Il était aussi immobile que les statues qui nous entouraient. *Il avait senti la même chose.*

— Comme promis, dit le Collectionneur en s'arrêtant devant le sphinx de quinze pieds et en brandissant un livre relié en cuir marron.

Très lentement, il s'accroupit et posa le livre sur le sol carrelé.

— Je passe, par le présent acte, ce livre de ma propriété à la vôtre.

— Pourquoi le pose-t-il par terre au lieu de te le donner ? sifflai-je dans ma barbe.

— Parce que c'est un piège, grogna Nox.

Plus fort, pour que le Collectionneur puisse l'entendre, il poursuivit :

— Il le pose par terre parce qu'il veut que j'aille le ramasser. Sa part du marché est remplie. Il m'a donné le livre. Dommage qu'il ne soit pas encore entre mes mains. J'aurais dû lire les petits caractères.

Le Collectionneur nous regardait avec des yeux brillants. Des ombres s'envolèrent de Nox, tourbillonnant en volutes serrées, puis plongèrent vers le livre. Mais une lumière jaune brilla autour avant qu'elles ne puissent l'atteindre.

— Il va falloir que je récupère ça.

Une autre silhouette sortit de derrière la statue du sphinx.

Banks.

Une odeur de soufre déferla sur moi, et la salle devint brusquement dix fois plus chaude. Je me retournai, attrapant Nox, tout mon instinct hurlant qu'il y avait danger.

Un chien des enfers rôdait à côté du sphinx, derrière Banks.

Les ailes de Nox jaillirent de son dos, et Rory marcha rapidement vers Francis et Claude, ses mains luisant de rose.

La voix du Collectionneur résonna dans le hall.

— Puis-je partir maintenant ?

Il regardait le chien des enfers et se déplaçait lentement dans la direction opposée à la bête.

— Non, déclara Banks.

— Vous avez dit que je devais juste conduire Lucifer ici, protesta-t-il.

Le chien des enfers grogna, et le Collectionneur se tut.

La voix de Nox était granitique.

— Beth, je ne pars pas d'ici sans le livre. Mais toi oui. Tout de suite.

— Trop tard, Lucifer, chantonna Banks.

Ses yeux croisèrent les miens, et Nox grogna profondément de la poitrine. Vif comme l'éclair, il avança devant moi de manière à se dresser entre moi et Banks, des ombres se déversant sur ses plumes dorées tandis que ses ailes s'étendaient comme un bouclier.

— Il est temps d'en finir, Banks.

Le pouvoir déferlait de lui, et il y avait la promesse d'une mort lente et douloureuse dans chaque mot qu'il prononçait. Les ombres transportaient des cris, des images de feu, à me faire trembler les genoux. Le pouvoir à l'intérieur de moi s'embrasa, et la sensation s'atténua.

Banks rit alors que le livre flottait dans les airs, toujours enveloppé de son pouvoir.

— Oh, petit Lucifer. Tu ne sais vraiment pas à qui tu as affaire. Tu as raison... On va en terminer. Mais tu vas perdre.

Nox avança vers lui. Le chien des enfers s'accroupit à côté de Banks.

— Tu ne vas pas m'affronter toi-même ? cria Nox. Vous êtes si lâches, tous les deux ? Je sais que tu les contrôles avec ce symbole. Qui t'a donné le pouvoir infernal de faire ça, Banks ?

— Je n'ai pas besoin de te combattre moi-même. Je pourrai te démembrer quand tu seras sous mon emprise... te prendre un péché après l'autre.

Nox éclata d'un rire dégoulinant de condescendance.

— Tu ne peux pas prendre mon pouvoir de péché, espèce de petit imbécile faiblard. Tu n'es qu'un ange déchu, et je suis ton maudit Seigneur !

Les yeux de Banks s'écarquillèrent alors qu'un sourire fou lui fendait le visage.

— Oh, mais je peux. Examinus sera ravi que tu aies trouvé l'Envie, siffla-t-il.

Nox se figea.

Examinus ?

— Gloria était censée la retrouver pour lui, mais cela rend les choses beaucoup plus faciles.

Gloria ?

Gloria était ma mère.

VINGT-NEUF

BETH

— Je suppose que je devrais lui attribuer quelque mérite : nous n'aurions pas pu soudoyer le Collectionneur si elle n'avait pas été impliquée.

Je me sentis malade, mes jambes flageolant sous mon poids, et mon cœur battant la chamade.

— Pourquoi ? demandai-je d'une voix pas plus forte qu'un coassement.

— Examinus a besoin du livre, des péchés et de Lucifer ici présent. Le gros lot. Il savait que vous seriez trop stupides pour découvrir que Max était allé au musée d'histoire naturelle, et il pouvait difficilement aller chez les humains pour interroger le génie lui-même, n'est-ce pas ? Alors, il a envoyé Gloria vous donner le billet de Max, la seule personne à laquelle ton petit joujou de mortelle n'a pas pu s'empêcher de faire confiance.

— Tu mens.

Il mentait forcément.

— Oh, Gloria ! appela-t-il d'une voix chantante.

Mon souffle bégaya d'impatience horrifiée. Avec un petit pétillement de lumière verte, ma mère apparut à côté de lui.

— Non. Non, cela ne peut pas être vrai. Tu lui as tiré dessus !

Je criai à moitié la dernière phrase, les yeux brûlants, envahie par un mélange de confusion et de trahison. Le visage de maman était dur, ses lèvres serrées, alors qu'elle me regardait.

— Examinus l'a punie pour cette petite bévue, grogna Banks. Quand je t'ai vue sans le bouc des enfers, j'ai cru que tu avais échoué et j'ai décidé de prendre les choses en main. Si ta mère est encore en vie, c'est seulement parce que vous nous avez ensuite conduits directement au livre.

— Pourquoi ? rugit Nox – ce qui me surprit tellement que je perdis un peu de mon hébétude. Pourquoi fait-il cela ?

— Il pourra te le dire lui-même quand il arrivera.

Avant que je puisse reprendre mon souffle, le chien des enfers bondit. Des ombres jaillirent de Nox mais, plutôt que de toucher le molosse infernal, elles m'entourèrent. Je sentis qu'on me soulevait du sol et qu'on me propulsait loin, hors du chemin de la bête. Celle-ci percuta Nox, et ils roulèrent par terre alors que je m'immobilisais maladroitement. J'entendis Banks se mettre à psalmodier, et je fis de mon mieux pour me calmer et apaiser ma respiration paniquée. Le feu rugit en moi, grondant et immense. J'eus l'impression qu'il enveloppait ma peur, et mon sentiment de confusion et de trahison, pour les enfermer dans une cellule verrouillée, au fond de mon esprit, où ils ne pourraient pas m'affecter.

Je ressentis ce choix primal en moi – la fuite ou le combat.

Et j'allais me battre.

Juste au moment où je plongeais ma main dans mon sac à la recherche de mon arbalète, un bruit de bris de verre retentit, puis les cris de Francis.

Laissant Nox aux prises avec le molosse enflammé, je me retournai et courus vers elle et Claude. Mais mes pas faiblirent avant même que je puisse faire la moitié du chemin.

Le verre de toutes les vitrines qui tapissaient les murs s'était brisé, et les lourds sarcophages de pierre glissaient pour s'ouvrir. Une peur malsaine m'envahit lorsque je vis la première main momifiée, enveloppée de bandelettes, tâtonner vers nous.

J'entendis Rory crier quelque chose derrière moi, mais ne pus distinguer ce que hurlait Francis. Claude essayait de l'éloigner des murs, où se trouvaient les momies, mais elle ne bougeait pas.

Béhémoth chargeait vers elle et Claude, donnant des coups de tête aux jambes de Francis pour la faire bouger. Ses cris s'arrêtèrent au contact de ses cornes. Elle lui lança un regard surpris, puis courut vers moi aussi vite que son corps le lui permettait.

— Rory va chercher le livre ! dit Béhémoth dans mon esprit, alors que Francis se précipitait sur moi.

Je la rattrapai, regardant par-dessus son épaule pour voir une momie tituber vers nous, et trois autres derrière celle-ci.

Je braquai la petite arbalète et la sentis chauffer dans ma main.

Je tirai.

La momie recula, frappée par un éclair de lumière dorée qui lui déchira l'épaule. Les bandelettes se déroulèrent, révélant une peau sombre et pourrie en dessous.

Un autre éclair de magie frappa celle qui se trouvait derrière – un éclair tissé d'ombre noire, cette fois, et je tournai brusquement la tête vers la gauche pour voir Claude les viser avec sa propre arbalète.

— Beth, regarde !

Francis tirait sur mon bras, et je visai encore une momie qui s'approchait avant de me retourner.

Nox se battait toujours contre l'énorme chien mais, maintenant, les flammes s'élevaient autour d'eux. Je réalisai en les observant que le feu dessinait le symbole de Banks.

Je sentis déferler sur moi de la peur pour Nox, alors que la créature claquait des dents et grondait contre lui, secouant à plusieurs reprises les vrilles ténébreuses qu'on lui lançait. Ce combat ne ressemblait en rien à la manière dont Nox s'était débarrassé du chien des enfers, sur le bateau de la Tamise. Était-il trop faible, maintenant ? Ou ce chien était-il différent ?

Je vis Béhémoth courir autour du molosse, pour le mordre et le percuter à chaque fois qu'il avait une ouverture.

Je jetai à nouveau un coup d'œil derrière nous, et de nouveaux frissons de peur me parcoururent. Il y avait au moins dix autres momies maintenant, toutes sortant de leurs cercueils. L'un d'elles soulevait avec hésitation une arme ancienne en forme de faux, provenant d'une vitrine brisée. Claude tira, et elle tomba par terre. Je braquai à nouveau ma propre arme et en abattis deux qui se rapprochaient sur notre gauche, grimaçant en voyant leurs bandelettes se défaire. Où diable était Rory ?

— Qu'est-ce qu'on fait, qu'est-ce qu'on fait, qu'est-ce qu'on...

Les prières frénétiques de Francis furent brusquement interrompues lorsque quelque chose glissa sur le sol vers nos pieds. Elle cria, et je bondis en arrière avant de réaliser ce que c'était. Un livre relié en cuir.

— Courez ! hurla Rory en surgissant vers nous, autour du feu, avec Cornu juste derrière elle.

Je me penchai, ramassant l'épais volume maladroitement lourd, puis me figeai en me redressant.

Le sphinx se levait.

La statue de quinze pieds de haut se dressait sur ses jambes, avec un fracas assourdissant de roche en train de se fendiller.

— Nox ! criai-je.

— Courez, aboya-t-il en retour.

Il était au-dessus du chien des enfers, mais les flammes montaient si haut maintenant que je voyais à peine plus que l'or de ses ailes.

— Je ne veux pas te quitter !

Rory et Cornu nous rattrapèrent, et j'aperçus la robe

brûlée de Rory et la suie sur le visage de Cornu, avant qu'une rafale de feu ne ramène mon attention sur Nox.

— Pourquoi ne peut-il pas le tuer ?

Je vis la peur sur le visage de Rory pour la première fois.

— Je ne sais pas. Il faut qu'on mette le livre en sécurité.

Je le lui tendis.

Je ne quitterais pas Nox. Je savais que c'était stupide, dangereux et probablement la mauvaise chose à faire. Mais il était à moi, et je ne partirais pas.

— Vas-y, dis-je.

Rory hésita pendant une fraction de seconde, avant de me prendre le livre.

— Je vais chercher de l'aide.

Elle me contourna en courant, enveloppée d'un halo de lumière rose, et je pointai ma petite arbalète sur les momies qu'elle aurait besoin de dépasser pour s'échapper.

Mais soudain, elle hurla, son corps projeté en l'air. Je ne pus rien faire alors qu'elle filait au-dessus du feu, droit vers Banks, comme aimantée. Il lui attrapa le livre de la main et fit un petit geste du bras. Rory s'écrasa violemment contre le sphinx de pierre et glissa à terre, dangereusement près des flammes.

— Ça suffit ! hurla Banks, l'air assez joyeux.

Les momies s'immobilisèrent, et les flammes autour de Nox et du molosse s'éteignirent brusquement.

La chemise de Nox était brûlée et déchirée, et je vis du sang sur sa tempe. Je fis mine de bouger, mais la voix de Banks retentit à nouveau.

— J'ai dit : *ça suffit.*

Tout son corps brillait d'un jaune doré maintenant, et j'aurais pu jurer qu'il mesurait quelques pieds de plus. Le grand sphinx de pierre était énorme à côté de lui, ma mère juste devant. Le Collectionneur était de l'autre côté, son visage presque blanc et son regard fixé sur les momies derrière nous.

— Examinus a besoin de plus d'espace pour son arrivée. On va déménager dans l'atrium, annonça Banks.

— Non ! Vous ne pouvez pas faire ça !

Le Collectionneur paraissait horrifié, et Banks se tourna vers lui, un sourire tordu sur le visage.

— Je pense que vous découvrirez, petit homme, que je peux faire tout ce que je veux.

Il leva la main, et le Collectionneur se convulsa. Un cri d'agonie jaillit de sa bouche.

Le chien des enfers bondit de l'endroit où il s'était accroupi devant Nox et, d'un mouvement rapide et mortel, arracha la tête du Collectionneur de ses épaules.

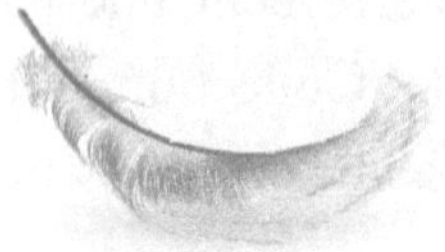

TRENTE

NOX

— Il n'était pas censé y avoir de meurtre ! cria la mère de Beth à Banks.

Ses yeux étaient pleins de haine, et j'étais sûr qu'il n'y avait aucune loyauté entre eux deux. C'était une autre question de savoir si elle ressentait une quelconque allégeance envers Examinus.

Avant que Banks ne réponde, Cornu courut vers lui.

— C'était vous, cria le démon en désignant Banks, mais en fixant le cadavre du Collectionneur. Vous avez tué Madaleine, de la même manière, avec la bête. Je l'ai vue. Comme ça.

Le chien des enfers s'accroupit à nouveau, attendant les ordres, son nez reniflant la mare de sang qui se répandait.

— Elle était faible. Plus faible que je ne le pensais.

Cornu s'élança sur Banks en hurlant, et je jetai mon propre pouvoir sur le démon.

Je fus plus vif que Banks, repoussant Cornu loin de l'éclair de lumière jaune qui l'aurait renvoyé en enfer.

— Ça suffit, Banks ! Affronte-moi toi-même, putain de lâche ! Laisse le chien en dehors de ça !

Banks se tourna vers moi, les yeux jaune vif alors que sa magie se déversait de lui.

— Je ne voudrais même pas me battre contre toi, maintenant... Tu es si faible. C'est pourquoi Madaleine était si facile à tuer, je suppose. Son pouvoir était lié au tien. Et tu es devenu si pathétique...

Cornu rugit depuis l'endroit où mes ombres le maintenaient cloué au sol – un bruit plein de douleur.

— Tu as tué Madaleine pour sa page de péché ?

— Je pensais qu'elle l'aurait sur elle, répondit Banks en haussant les épaules. Et dans le cas contraire, que tu la récupérerais. Tu as toujours été la dernière cible.

Je sentis m'envahir une rage si brûlante que je crus me consumer.

— Tu l'as tuée sur les ordres d'Examinus ?

— Examinus me laisse fonctionner comme je le souhaite. Je lui ai fourni des informations du Ward pendant des décennies, donc il sait qu'il peut me faire confiance. Quand Max a vendu le livre au lieu de le lui rapporter, Examinus m'a donné une chance de faire mes preuves. Il m'a dit que, si je trouvais plus de pages de péché que toi, il ferait de moi le nouveau Seigneur de l'enfer. Mais si tu récupérais ton pouvoir en premier, tu conserverais le rôle.

— Tu as échoué, grondai-je. Tu as réussi à voler *une page* à un mortel. Que tu as tué pour ça.

Quelque chose passa dans les yeux de Banks, et il ouvrit la bouche, mais la referma.

— Le jeu n'est pas encore terminé, Lucifer. Et Examinus a accepté de jouer selon les règles, après la page de la Paresse. Il m'a donné un peu d'aide, pas seulement sous la forme d'un complice, dit-il en jetant un coup d'œil à la mère de Beth.

Puis la lumière jaune rugit autour de lui.

— Il a renforcé ton pouvoir. Et tu le transmets aux chiens que tu contrôles.

C'était pour cette raison que je n'avais pas pu renvoyer cette satanée créature en enfer. J'avais combattu le pouvoir d'un dieu, pas celui d'un putain d'ange médiocre et d'une bête sauvage venue de mon propre royaume.

Cela avait du sens, quand mon esprit s'éclaircit assez longtemps pour que je puisse organiser mes pensées.

Examinus avait perdu son arme la plus puissante — moi. Alors, quand je n'avais rien fait pour contrer ma malédiction et reprendre mon pouvoir et ma position pendant des décennies, il avait cherché quelqu'un d'autre pour prendre ma place.

— Que t'a promis Examinus ?

— Je serai le Seigneur de l'enfer. Tu ne veux pas de ce poste, alors de quoi te plains-tu ?

— Tu es un putain de taré. Le Seigneur de l'enfer a un pouvoir inimaginable, qu'on ne devrait pas remettre entre les mains de quelqu'un d'aussi émotionnellement instable.

— Émotionnellement instable ? Tu as littéralement

donné ton pouvoir à une fille mortelle parce que tu ne pouvais pas garder ta bite dans ton froc. Ça te semble émotionnellement stable ?

— J'ai été créé dans un équilibre avec mes frères. Je suis le seul capable de maintenir le péché dans le monde.

— Et à quel niveau ? me demanda-t-il d'un ton moqueur. Juste assez pour que les gens aient l'impression de vivre leur vie ? Juste assez pour qu'ils craignent l'autorité ? Ce sont des conneries.

— Ce ne sont pas des conneries. C'est la vie. C'est comme ça que le monde est censé tourner.

— Eh bien, ce ne sera plus le cas, une fois qu'Examinus et moi aurons pris le contrôle.

Je ris, fort et longtemps.

— Examinus ne peut pas gagner une guerre. Il n'est qu'un seul dieu, et tout aussi déséquilibré que toi.

— Va te faire foutre, Lucifer. Tu as passé près d'un siècle à fuir tes responsabilités, et maintenant tu me dis qu'on a besoin de toi pour équilibrer le monde ? Tu es un hypocrite.

Il avait raison. Je savais depuis des décennies ce que j'infligeais à l'équilibre du monde. Mais je n'avais jamais prévu de laisser l'univers s'écrouler. Et je ne permettrais jamais de toute mon existence ce qu'Examinus et ce connard avaient l'intention de faire.

— Mieux vaut un hypocrite qu'un psychopathe.

— Tu sais, tu es une vraie déception. Tu es le diable. Lucifer. Le Seigneur de l'enfer, le punisseur du mal. Et tu es ennuyeux. Tu es tombé amoureux d'une fille ordinaire, ennuyeuse et mortelle. Qu'est ce qui cloche chez toi ?

Ma rage éclata, et je serrai les poings, essayant de la contenir.

— Je ne comprends pas ce que tu lui trouves. Peut-être qu'une fois que je serai le Seigneur de l'enfer, elle tombera à mes pieds, et je le saurai.

Le feu éclata sur ma peau.

— Putain, touche-la et je te liquéfie, rugis-je en me retournant vers lui et en lui lançant autant de puissance que possible sur la poitrine.

Mais mon pouvoir percuta un mur de lumière jaune bourdonnante. Des flammes, qui scintillèrent pour dessiner un symbole autour de moi, s'embrasèrent. En même temps qu'un éclair d'agonie qui me parcourut toute la longueur de la colonne vertébrale, je sentis mon pouvoir s'éclipser.

— Qu'est-ce que..., grondai-je alors que mes jambes commençaient à ployer toutes seules.

— Ce ne sont pas seulement les chiens des enfers que le symbole contrôle, déclara joyeusement Banks. Je te tiens maintenant, petit Lucifer.

Sa magie se resserra autour de moi, me projetant en arrière, me forçant à le regarder en face.

— Ne t'inquiète pas, je ne la tuerai pas. Je la garderai.

— Je détruirai l'enfer et tout ce qu'il contient avant que tu ne puisses t'approcher d'elle, grognai-je à travers la douleur.

— Lucifer, tu ne peux même pas éliminer un chien

des enfers ou te libérer de mes liens. Je ne te vois pas détruire l'enfer de sitôt.

Une haine pure brûlait dans mes veines, empoisonnée par la peur.

Beth était prise au piège dans cet endroit avec moi, avec toutes les personnes auxquelles elle tenait le plus.

TRENTE-ET-UN

BETH

Si j'avais la moindre chance, je tuerais Banks moi-même.

Le pouvoir de Nox en moi était réduit à une rage hurlante, qui brûlait dans mes veines. J'aurais pu réellement arracher les membres de cet homme.

— Il est temps d'y aller ! chantonna Banks.

Nox fut soulevé dans les airs, et un chemin de symboles enflammés illumina la salle, créant un passage entre les expositions. Le corps de Nox vola de symbole en symbole, Banks marchant à ses côtés.

Je levai mon arbalète alors qu'il s'approchait de nous, essayant de la cacher à sa vue derrière Francis.

Il y eut une odeur de pourriture, et je fus attrapée par derrière par quelque chose recouvert de bandelettes. Mon estomac déjà agité se souleva quand la puanteur étouffante du cadavre à l'intérieur de la momie me frappa les narines.

— Béhémoth, va voir Rory et Cornu, haletai-je, avant qu'une main momifiée ne se referme sur ma bouche.

Francis et Claude se débattaient pendant que des momies les attrapaient, mais les créatures étaient trop fortes. Lentement, elles nous entraînèrent derrière Banks et Nox.

— Je suis avec Rory. Elle est vivante, mais je ne peux pas la réveiller, dit la voix de la petite chèvre dans mon esprit.

Un soulagement teinté de colère accompagnait ces mots.

— Je suis désolée, Beth.

J'essayai de me tourner vers la voix de ma mère, mais mon ravisseur me serrait trop fort la mâchoire.

— Je fais ça pour ton père. Je n'ai pas le choix. Je ne voulais pas que d'autres meurent. Mais je n'ai pas le choix.

Je me débattis plus fort, désespérée de voir son visage, de voir un peu de sincérité dans ses yeux. Je réussis à dégager ma tête assez longtemps pour me tourner vers elle, et je fus choquée de voir des larmes dans ses yeux. Je ne l'avais jamais vue pleurer avant. La momie émit un gémissement étranglé, puis me tira fort les cheveux, m'entrainant vers l'arrière. Je poussai un cri et entendis Nox rugir en réponse.

— Je suis désolée, Beth, répétait-elle, alors que la main de la momie se refermait sur ma bouche. S'il te plaît, pardonne-moi.

· · ·

Les momies nous conduisirent jusqu'à l'atrium principal, où un symbole brûlant de six mètres de haut dansait maintenant sur la structure centrale au milieu de la salle circulaire. Dans les flammes, je vis un vortex tourbillonnant noir et rouge qui me sembla familier. C'était ce que j'avais vu derrière Cornu, réalisai-je, quand il était allé en enfer.

Devant le symbole flottait Nox, ses ailes dorées déployées et ses yeux noirs d'ombre.

Une peur profonde me transperça quand je le vis suspendu là, pris au piège, offert comme pour une sorte de sacrifice.

— J'ai créé un portail digne de toi, Examinus ! beugla Banks.

Le symbole sur le mur devint d'un noir profond, et une forme en émergea.

Il y eut une énorme masse de lumière scintillante dans des ténèbres d'encre pendant une fraction de seconde, puis soudain, il y eut un homme.

Un homme immense. D'au moins sept mètres de haut, avec des yeux comme des pierres précieuses noires. Il avait de longs cheveux sombres, et son corps était en feu. Des flammes léchaient chaque partie de sa peau, comme des vêtements, masquant les détails et dégageant tellement de chaleur que je crus suffoquer.

Heureusement, la momie laissa tomber sa main de ma bouche, et j'aspirai de l'air. J'entendis un petit bruit sourd et me retournai pour voir la créature se prosterner.

— Bienvenue, votre sainteté ! chantonna Bank avec ravissement. Nous sommes prêts !

Examinus fit un pas vers Nox, qui flotta plus haut, de manière qu'ils se regardaient en face.

— Je t'avais prévenu, Lucifer.

La voix du dieu fit flageoler mes genoux, tant elle était remplie de puissance.

Nox grogna :

— Ce n'était pas un combat loyal.

— Tu as eu toutes les opportunités.

— Banks te ment. Je n'ai pas tous les péchés. Nous n'avons pas encore trouvé l'Orgueil.

Examinus rit, et ce bruit me rendit physiquement malade.

— L'Orgueil était sous ton nez pendant tout ce temps, Lucifer.

Quoi ?

— Je ne suis pas stupide. Quand tu as partagé ton pouvoir, j'ai agi. J'ai observé les anges que tu avais choisis, et l'Orgueil était le choix évident. Je lui ai proposé un marché. Je masquerais son pouvoir de péché et le déguiserais en saint. Et il travaillerait pour le Ward jusqu'à ce que j'aie besoin de lui.

Banks.

Banks était l'Orgueil.

Mon cœur martelait contre mes côtes maintenant que je le regardais, toujours brillant de magie, ses yeux fous.

— Je t'ai dit que tu ne comprenais rien, Lucifer, gloussa Banks. Tout ce temps avec moi, et tu ne l'as jamais su.

— Tu n'es rien d'autre qu'un réceptacle pour le

pouvoir d'un dieu, lui cracha Nox. Tu n'as aucun pouvoir par toi-même.

Les yeux de Banks se durcirent.

— J'aurai bientôt tout ton pouvoir.

— Seul un archange peut prendre mon pouvoir. Et ils ne peuvent être créés qu'au sein d'un équilibre, avec de la magie céleste en quantité incroyable, dit Nox en montrant tour à tour les dents à Banks et à Examinus. Je ne vois aucun de mes frères ici, prêt à offrir ses services.

— Je n'ai pas besoin de tes frères. Pas quand j'ai des centaines de saints à ma disposition, tous débordant de la magie céleste dont j'ai besoin.

Nox se figea, et mon propre estomac se retourna.

Examinus tourna sa tête massive pour me regarder.

—Ta mère a été un atout précieux pour moi. Et ton père est sur le point de le devenir aussi.

— Vous avez dit que vous l'épargneriez !

La voix de ma mère était aiguë, et la terreur était gravée sur ses traits quand elle regarda l'énorme silhouette enflammée.

— J'ai menti, siffla Examinus. Je prendrai chaque goutte de magie disponible chez les anges que j'ai enlevés depuis des années, et leurs morts affaiblira davantage mes ennemis. Je me délecterai de chaque seconde de leur défaite.

— Non !

Ma mère se jeta à genoux, un sanglot lui déchirant la gorge.

— Tu vas déclencher une guerre avec ta présence à

Londres, cria Nox, attirant l'attention du dieu. Tu sais qu'il t'est interdit d'être ici.

Examinus écarta largement les bras, sur lesquels rugissaient des flammes, et sourit.

— Et quelle façon de déclencher une guerre ! Avec la création d'un nouvel archange, prêt à détruire ceux qui viennent enquêter sur ma présence. Ce bâtiment restera dans l'histoire comme le lieu fondateur du nouveau monde.

TRENTE-DEUX

BETH

La tête me tournait, et la panique et la peur me submergeaient. Examinus allait utiliser la magie des saints pour créer un nouvel archange infernal. Et ça les tuerait tous. Y compris mon père.

Je me sentis faible lorsque le symbole derrière Examinus s'embrasa, puis le tourbillon rouge et noir s'intensifia avant de devenir translucide. Là, de l'autre côté du portail, se trouvaient des cellules. Un long couloir sombre, plein de portes à barreaux, s'étendait à perte de vue.

— C'est l'heure ! gloussa Banks.

Nox tomba soudainement au sol, amortissant sa chute avec un battement d'ailes et atterrissant sur un genou.

— Donne-moi les pages des péchés, déclara Banks.

Nox se leva lentement, et je vis son visage alors qu'il se retournait.

Une fureur mortelle était à peine contenue dans son expression.

— Maintenant, dit Examinus.

Le visage de Nox se froissa de douleur, et ses ailes se convulsèrent.

Je fis un pas en avant, mais ma mère tendit le bras depuis l'endroit où elle était encore agenouillée, à côté de moi. Elle agrippa mon tibia et secoua la tête lorsque je baissai les yeux vers elle. Des larmes silencieuses coulaient de ses yeux.

— J'ai dit : maintenant, Lucifer !

Nox se cambra, et je vis trois petits bouts de papier lui sortir de la poitrine, comme arrachés à sa peau. Il laissa échapper un gémissement d'agonie, et de chaudes larmes coulèrent sur mes propres joues.

Le feu dans ma poitrine faisait rage, mais je me sentais tellement inutile. Je ne pouvais pas aider Nox. Je ne savais pas comment sauver mon père.

Banks ouvrit le Livre des Péchés, le leva, et les trois pages volèrent vers lui.

Nox s'affaissa, en prenant de grandes inspirations, et Banks sortit un morceau de papier de sa propre poche. La page de l'Orgueil.

Le livre brilla d'un éclat doré, et les pages se glissèrent dedans.

— Lucifer. Si tu veux avoir l'honneur..., dit Banks en allant droit vers lui, avec le livre.

— Jamais.

Examinus sourit à nouveau, les flammes vacillant sur sa peau.

— Je ne la tuerai pas, Lucifer, dit-il.

Et une chaleur torride m'enveloppa. Mon corps vacilla un peu, puis je fus soulevée dans les airs.

— Je vais la garder. Comme animal de compagnie. Peut-être que Banks pourra jouer avec elle de temps en temps.

La terreur me déchira, et je battis violemment des jambes, essayant de me dégager de l'emprise invisible. Mais je m'élevai juste plus haut, plus près du visage massif du dieu. Si Nox sentait la fumée, Examinus, lui, sentait le soufre et les produits chimiques en train de brûler, le pourri et l'ancien.

— Pose-la ! Je vais le faire. Laisse-la simplement vivre à Londres.

Je tombai, et mon instinct me fit bouger les épaules, mes ailes ralentissant ma chute. J'atterris quand même fort, et ça me coupa le souffle, mais rien ne me faisait mal. Je me redressai en essayant de respirer.

— Fais-le.

Une lumière blanche tourbillonnante jaillit du portail, et des vrilles de magie pétillante surgirent de chaque porte de cellule avant de se rejoindre pour former un torrent géant de magie.

Nox me regarda, ses yeux brillant d'un bleu vif pendant une fraction de seconde, puis il posa sa main sur le livre.

— Non ! entendis-je ma mère pleurer

Puis la voix de Béhémoth retentit dans mon esprit :

— La seule façon d'arrêter cela est de fermer le portail

! Sans la magie sainte pour compenser, Banks ne peut pas contenir autant de magie infernale.

Je sautai sur mes pieds. Nox était presque entouré d'ombre, qui se déversait lentement dans le livre par ses mains, puis coulait dans les bras de Bank qui agrippait l'autre côté de l'épais volume. Le visage de Banks exprimait l'extase la plus pure.

Comment pourrais-je arrêter le portail ?

Béhémoth chargea vers moi de nulle part, sa voix parlant à cent kilomètres à l'heure dans ma tête.

— On a une chance. Canalise ta magie infernale. Tu es prête ?

— Prête pour quoi ? criai-je à moitié, envahie par la panique.

— Ma pierre ! Prends ma pierre et concentre toute ta magie dedans !

La petite chèvre se transforma alors que je tirais frénétiquement la pierre de l'endroit où je l'avais glissée, dans la bretelle de mon soutien-gorge. D'abord, ses cornes poussèrent, brillant d'une lueur dorée, puis son corps fit de même, grandissant et changeant de forme. Des flammes ondulèrent sur sa fourrure noire, d'énormes crocs lui sortirent de la mâchoire, et ses sabots s'aiguisèrent pour former des griffes tranchantes.

Avec un rugissement, il bondit vers le portail. J'agrippai la pierre, essayant de canaliser dans la gemme tout ce qui brûlait en moi. J'imaginai mon père dans ma tête, en souhaitant très fort, avec chaque once d'espoir que je possédais, que le plan de Béhémoth fonctionnerait.

Je devais le sauver. J'étais arrivée jusque-là, ma mère avait fait tant de sacrifices. Je ne pouvais pas échouer maintenant.

Il y eut un beuglement au-dessus de moi, fort à me fendre le crâne. Je fis de mon mieux pour me concentrer sur la pierre, et pris conscience d'une obscurité autour de moi. La lumière blanche du portail s'était arrêtée.

Je levai les yeux, détournant mon attention de la pierre, qui était maintenant si chaude que je pouvais à peine la tenir. J'eus un aperçu de Béhémoth, maintenant aussi gros qu'un chien des enfers, debout de l'autre côté du portail, tel un gardien impie, bloquant la lumière blanche, avant qu'un cri n'attire mon attention vers le hall.

Les ombres ne coulaient plus du livre à Banks.

Elles le *consumaient*.

Elles coulaient autour de lui comme un ouragan, déchirant ses vêtements et sa peau comme faites de lames de rasoir.

— Examinus ! hurla Banks.

Ses genoux fléchirent, et il tomba par terre. Nox grandissait, et ses ailes s'étendaient, brillantes de l'or le plus reluisant que je n'aie jamais vu. Il ferma les deux mains sur les bords du livre et, quand il parla, le pouvoir me donna le vertige.

— Tu n'es pas digne, Banks. Tu n'es pas digne. Ton Orgueil t'a fait croire que tu étais capable de contenir mon immense pouvoir. Et tu avais tort. Tu t'es cru au-dessus des représailles, capable de tuer à loisir. Tu seras puni en conséquence.

J'arrachai mon regard de la scène pour observer Examinus, pensant qu'il ferait quelque chose. Mais le dieu était immobile, et seules ses flammes bougeaient alors qu'il regardait ce qui se passait.

Il y eut une explosion de lumière dorée, qui se précipita dans la forme agenouillée de Banks, expulsant les ombres en un clin d'œil. Son corps se cambra dans les airs, soutenu par la lumière dorée alors qu'il s'élevait. Lorsque tout l'éclat fut entré en lui, il retomba par terre.

Lentement, il se redressa. Ses yeux brillaient fort, et son sourire cruel s'étira sur son visage.

— Tu avais tort, Lucifer, dit-il.

Mais, ensuite, il se figea. Un rayon doré lui déchira la joue, suivi d'un flot d'ombres. Un autre faisceau lui éclata dans le cou, puis des centaines d'autres commencèrent à jaillir de sa poitrine, tous suivis de vrilles d'ombres. Il cria, et je vis les ténèbres lui dévorer la peau à mesure qu'elles s'écoulaient de lui, tandis que du sang noir coagulé s'échappait des trous laissés derrière.

Le pouvoir le déchirait de l'intérieur.

Mes propres genoux cédèrent quand je sentis le pouvoir des péchés inonder la pièce, libre, et tuer l'ange dont ils s'échappaient.

Je fermai les yeux, reprenant désespérément mon souffle. Pendant une seconde, je ressentis tellement de colère que je voulus tuer. La suivante, j'eus tellement faim que je crus vomir.

Mon cerveau passa d'un péché à l'autre, l'Envie qui me fit croire que tout le monde était meilleur que moi, l'insupportable Paresse qui me donna envie de tout abandonner, l'Orgueil dangereux qui essaya de me convaincre que je pouvais affronter un dieu et gagner.

Je cherchai de l'air, puisant dans le pouvoir à l'intérieur de moi pour soulager la douleur dans ma tête, résister à l'attirance des péchés.

Je forçai mes yeux à s'ouvrir pour regarder les ailes de Nox, plus grandes que je ne les avais jamais vues, et toute la lumière dorée et le pouvoir ténébreux qui y coulaient. Tout ce que j'apercevais de Banks, c'était un tas carbonisé et sanglant par terre.

— Lucifer, siffla Examinus. Je t'ai sous-estimé. Et surestimé Banks. Tu es le vrai Seigneur de l'enfer.

Nox battit des ailes, avant de se relever et de se tourner pour faire face à Examinus.

Ma respiration s'arrêta complètement à sa vue.

Sa peau brillait comme la pierre dans ma main, reluisant d'un onyx scintillant à ses gestes. Il avait des cornes aussi dorées que ses ailes, et le pouvoir rugissait autour de lui dans une tempête.

Il ressemblait à la peinture de la trinité. Une force divine, puissante, inégalable. La mort, la peur et la douleur, dans le plus beau paquet cadeau qui soit.

Je compris en le regardant que la malédiction était levée. Tout son pouvoir lui avait été rendu.

La chaleur dans ma poitrine s'enflamma.

Tout son pouvoir lui avait été rendu, sauf la petite boule à l'intérieur de moi.

De concert, Examinus et Nox se tournèrent vers moi.

— Prends ce qui est à toi, Lucifer, et gagne cette guerre avec moi, tonna Examinus. Tes frères sont en route. Ils sentent ma présence ici. Reprends ce que tu as laissé dans cette fille mortelle, et jouissons de la gloire de notre victoire.

— Jamais.

Le feu recouvrant Examinus s'embrasa, et Nox battit des ailes, planant devant le dieu massif.

— Tu me défies encore ?

— Tu as besoin de moi, Examinus. Voilà la preuve que moi seul peux être ce que tu as besoin que je sois.

Nox désigna les restes de Banks.

— Je propose que nous passions un marché.

Examinus regarda Nox, avec de la fureur dans son visage cruel et éthéré.

— Tu oses me parler comme à un égal ?

Il rugit et grandit encore de dix pieds. Le toit en verre du bâtiment se brisa, et je levai les bras au-dessus de ma tête alors que les éclats pleuvaient sur nous.

— Tu oublies, mon enfant, que tu m'appartiens ! Et maintenant que ton pouvoir réside en elle, je la possède aussi !

Mon corps fit une embardée, et je me retrouvai debout, à marcher à grands pas vers le Livre des Péchés qui était tombé. Je luttai contre le mouvement, mais c'était vain. La panique se propagea en moi alors que j'étais forcée d'avancer, incapable de faire quoi que ce soit. Nox vola vers moi, mais recula à la dernière minute, comme si quelqu'un avait tiré une ficelle derrière lui, pour l'envoyer s'écraser par terre. Mon corps se retourna, et je me baissai pour ramasser le livre. Je fermai les yeux en apercevant le cadavre de Banks.

— Je ne pourrai peut-être pas te forcer à abandonner ton pouvoir, mais je suis toujours un dieu !

Je me retournai, totalement incapable de contrôler mes propres mouvements, et vis Nox se diriger maladroitement vers moi, avec de la tension et de la colère dans chaque trait de son visage. Comme des pantins involontaires, nous luttions inutilement contre le dieu qui nous tirait vers lui.

— Reprends ton pouvoir, Lucifer, siffla Examinus alors que Nox agrippait le livre. Soit je reprends ce que tu lui as donné, soit je tue les saints.

Papa. Tous ces anges innocents.

— Prends-le, sifflai-je à Nox. Je n'en ai pas besoin.

— Et après ? cria Nox, les yeux fixés sur moi.

Mais la question s'adressait clairement à Examinus.

— Après, nous tuons tes frères.

— Non.

— Alors les anges meurent.

J'entendis un gazouillis, puis un gémissement. J'essayai de tourner la tête vers le portail, mais ce ne fut pas nécessaire. Je tressaillis lorsque Béhémoth fut jeté à travers la pièce derrière Nox.

Il ne gardait plus le portail.

Des ombres tourbillonnaient autour de Nox, et la peur emplit ses yeux bleus. Son corps commença à briller.

— Que se passe-t-il ?

Examinus se mit à rire, et la tête me tourna.

— Beth, mon pouvoir... Ça bouge.

Nox avait raison. La lumière et l'ombre se déversaient

dans le livre, comme elles l'avaient fait avec Banks. Lentement, une vrille d'ombre se détacha du livre pour lécher ma peau.

— Qu'est-ce qui se passe ?

Même par-dessus le rire d'Examinus, j'avais l'air hystérique.

— Je ne sais pas. Je ne sais pas.

Je n'avais jamais vu Nox effrayé. Mais, à cet instant, une pure terreur envahit ses traits.

— Tu puises dans son pouvoir ! s'exclama Examinus avec une joie qui résonna dans la pièce. Comme c'est parfait ! Lucifer tue la femme qu'il aime avec le pouvoir dont il ne veut pas !

J'allais finir comme Banks.

Mon sang se glaça dans mes veines à cette épiphanie.

Une vrille de magie ténébreuse rampa le long de mon bras, et une explosion de puissance m'illumina, me coupant le souffle. De la chaleur me picota de partout. La lumière dorée commença à couler du livre en moi – du plaisir, de l'excitation, de la puissance et de la force se précipitant à travers moi. J'essayai de les repousser, utilisant toutes mes forces à la fois physiques et mentales pour chasser la magie. Mais ça ne s'arrêtait pas.

J'avais quelques minutes avant que toute la puissance ne coule en moi.

La voix de Nox était emplie d'autant de terreur que son visage, ses mots se confondant ensemble, hystériques.

— Beth, je suis tellement désolé, Beth, je ne peux pas l'arrêter, je ne peux pas...

— Je t'aime, le coupai-je, prononçant les mots aussi

clairement que possible à travers mes larmes. Nox, je t'aime. Je ne regrette rien.

C'était vrai.

— Je préfère mourir aujourd'hui, remplie de ta force, que de vivre cent fois sans ressentir ce que tu me fais ressentir. Tu m'as changée, tu as fait ressortir le meilleur en moi. Je t'aime. Sauve mes parents. S'il te plaît, s'il te plaît, essaye de les sauver.

— Beth, je ne peux pas te perdre. Je ne peux pas.

— S'il te plaît.

Il me fixa de ses yeux brillants. Si beaux. Je m'assurerais qu'ils soient la dernière chose que je verrais.

— Je t'aime, s'étouffa-t-il.

Une larme unique coula sur sa joue.

— Beth...

Le pouvoir qui m'emplissait maintenant était si fort que mon corps se crispait, et cela devenait douloureux. L'ombre et la lumière commençaient à tourbillonner autour de moi.

— Beth !

La voix n'était pas celle de Nox. C'était celle de ma mère, et elle sanglotait.

— Je suis désolée, j'aurais dû te prévenir !

Je sentis quelque chose de froid sur mon cou, puis un claquement quand le collier me fut arraché de la gorge.

Brusquement, les ombres qui tourbillonnaient autour de moi se dissipèrent et se précipitèrent vers Nox. La lumière cessa de couler en moi, et je ne me sentis plus écrasée par une sensation accablante. Je clignai des yeux à travers les larmes, ma vision rendue floue par le soulagement et la confusion.

Mais je vis ma mère, qui serrait le collier de rubis.

J'essayai de bouger, mais j'étais toujours sous le contrôle du dieu, et mes membres ne m'obéissaient pas.

— Le collier est comme la lampe d'un génie, éructa maman alors qu'Examinus commençait à rugir. C'est la seule chose qui peut piéger Examinus ! Beth, on doit faire en sorte que le collier le touche, c'est le seul moyen !

Son visage changea quand, tout d'un coup, son corps fut projeté dans les airs. Examinus éclata de rire.

— Petite humaine chétive ! beugla-t-il.

Distrait par ma mère, il desserra son emprise sur mon corps.

— Beth, si ce collier est ce qu'elle prétend...

L'espoir s'embrasa dans les yeux de Nox, et il y avait une urgence dans sa voix.

— C'est ce qui a dû attirer mon pouvoir vers toi. Il n'y a pas d'humanité en Examinus, il est fait de pouvoir pur. Si on peut approcher ce collier de lui... Il sera piégé.

J'entendis maman crier un seul mot. Le nom de mon père.

Je repoussai le pouvoir qui me contraignait, essayant d'obliger mes mains à relâcher leur emprise sur le livre. Je sentis Nox faire de même, puis le Livre des Péchés s'écrasa par terre entre nous.

Nox m'attrapa la main et courut vers Examinus. Le dieu fit un geste, et le corps de maman vola dans les airs à son rythme, comme un jouet.

— Bats des ailes, me cria Nox.

— Je pensais que tu avais dit que je ne pouvais pas voler !

— Tu as pris une grande partie de mon pouvoir, Beth. Essaye.

Je bougeai les épaules et haletai quand mes pieds quittèrent immédiatement le sol. Nox me tira plus haut, et je visualisai mes ailes pour les faire battre plus fort.

Ça fonctionna.

— Je vais le distraire, mais je ne pourrai pas le combattre longtemps. Va voir ta mère et fais en sorte que le rubis le touche.

— D'accord, haletai-je.

Nox lâcha ma main et rugit.

— Affronte-moi, Examinus !

Sa peau s'embrasa, et du pouvoir jaillit de lui, dirigé tout droit vers le visage d'Examinus. Je tournoyai dans les airs, me dirigeant vers ma mère alors qu'Examinus beuglait.

— Maman !

Je l'attrapai par la taille, essayant de l'arracher au pouvoir qui la retenait pendant que je volais. Il y eut une légère résistance, puis j'entendis davantage de rugissements, et je sentis exploser la puissance de Nox. Maman devint lourde dans ma poigne pendant une fraction de seconde, puis de la force déferla à travers moi et me donna l'impression que mes muscles gonflaient.

— Le collier, Beth ! On doit approcher le collier de lui !

Je virai et volai droit vers la gorge du dieu.

Je m'approchai à un pied et percutai une barrière invisible. J'essayai de passer à travers, mais c'était comme me cogner contre un mur de briques. Un mur de briques incroyablement chaud.

La puissance explosait autour de nous, Nox fondait et plongeait derrière nous alors que j'essayais de franchir la barrière de magie autour d'Examinus. Je pouvais sentir la puissance de Nox en moi – non plus sous la forme d'une boule de feu dans ma poitrine, mais plutôt coulant dans tout mon corps et faisant battre mes ailes. Je sentis une autre bouffée de chaleur, puis la voix de Béhémoth parla dans mon esprit.

— On est là.

Je jetai un coup d'œil par-dessus mon épaule. Par terre, derrière nous, se trouvaient Béhémoth, Rory et Cornu. Béhémoth et Cornu émettaient des lueurs sombres, et Rory une rose vif, toutes concentrées sur moi.

Ils ajoutaient leur pouvoir au mien.

C'était presque suffisant. Mais pas tout à fait.

— Nox ! Aide-moi !

En un clin d'œil, Nox fut derrière moi et il lança une explosion de pure lumière dorée sur la gorge d'Examinus.

La résistance disparut, et je me précipitai en avant, m'écrasant contre sa peau enflammée. Maman cria alors que les flammes nous léchaient, mais elle leva le bras, plaquant le collier sur son cou géant.

Il y eut une explosion si forte que ma vision devint complètement noire, et je fus catapultée en arrière. J'étais tellement étourdie que je ne remarquai même pas que j'avais lâché ma mère. J'entendis quelqu'un crier mon nom et j'essayai de secouer la tête.

Je tombais.

Je battis des ailes, basculant dans les airs, essayant de me redresser, puis sentis des dalles dures s'écraser contre mon corps.

Je levai la tête, complètement désorientée, ma hanche tellement douloureuse que je pouvais à peine respirer.

Nox était dans les airs, ma mère toute molle entre ses bras.

Et Examinus...

Examinus disparaissait dans une boule tourbillonnante d'énergie étincelante, au milieu de laquelle brillait le collier de rubis. Il était aspiré dedans, comme un putain de génie dans une lampe. Un affreux gémissement jaillit de sa forme éthérée, et je hoquetai à la douleur que cela me causa dans la tête. Je clignai des yeux une fois de plus, puis ma vision vira complètement au noir.

BETH

— B eth ? Beth, réveille-toi.
— Bouge.

— Non, laisse-lui un peu d'air.

— Ses ailes sont grandes. Genre, vraiment grandes.

Les voix entraient et sortaient de mes oreilles, alors que je luttais pour rester consciente.

Rien ne me faisait mal, je ne pouvais tout simplement pas rester éveillée assez longtemps pour donner un sens à ce qui se passait autour de moi.

Je sentis de la chaleur, puis quelqu'un posa ses mains sur mon visage.

Mes yeux s'ouvrirent.

— Nox ? soufflai-je.

Ses yeux bleus brillaient de soulagement, concentrés sur moi.

— Beth.

Il se pencha, pressa ses lèvres contre les miennes, et le brouillard disparut.

Nous étions vivants. Nous étions vivants, et il m'embrassait.

Je reculai, et il m'aida à m'asseoir. Béhémoth était juste à côté de moi et me donna un léger coup de tête. Rory se tenait derrière lui, un linge pressé contre la tête, sa robe tachée de sang. Francis était assise par terre à quelques pas de moi, en train d'éventer son visage, m'adressant un large sourire, tandis que Claude se tenait à côté d'elle.

Je regardai autour de moi dans la pièce.

Tout ce qui restait des flammes était des braises noires. Gabriel se tenait au-dessus de ma mère, qui avait la tête entre ses genoux. Michel était au milieu de la pièce, avec le collier de rubis qu'il tenait comme si le bijou était sur le point de le mordre. Des éclats de verre recouvraient tout.

— Qu'est-ce qui s'est passé ?

Je clignai des yeux vers Nox, et il passa doucement sa main le long de ma mâchoire.

— Ta maman nous a sauvés. C'est fini. Le rubis a été enchanté par un djinn, tout comme la pierre de Béhémoth.

— Il est... dans le collier ?

— Oui.

— Comment maman savait-elle ?

— Je ne suis pas sûr. Gabriel est en train de la guérir.

Je luttai pour me relever.

— Guérir ? Est-ce qu'elle va bien ?

Nox me frotta doucement le bras tout en me stabilisant sur mes pieds.

— Elle ira bien. Elle a été très gravement brûlée.

— Comment... Comment ça se fait que je ne suis pas blessée ?

Le regard de Nox passa par-dessus mes épaules.

— Tu as pris beaucoup de mon pouvoir, avant que ta mère ne t'enlève le collier. Je pense que ça te va mieux que les rubis.

Je le regardai fixement.

Il avait raison.

Je pouvais le sentir. Ce n'était plus une petite boule de feu fougueuse, mais un torrent de force qui coulait à travers mon corps et éliminait la fatigue et la confusion.

— C'est pour ça que j'ai pu voler ? Et porter maman ?

Il acquiesça.

— Oui.

— Mais je suis humaine. Je ne suis pas un ange.

— Beth, je ne sais pas très bien ce que tu es maintenant, dit-il en m'attirant à lui et en repoussant mes cheveux de mon visage. Mais tu es à moi.

— Pour toujours, murmurai-je.

Il m'embrassa à nouveau.

L'amour coula à travers notre étreinte. Je sentis que j'étais submergée par une joie pure, à l'idée qu'il soit en sécurité et que nous soyons ensemble, une joie aussi puissante que ma nouvelle magie.

— Je pensais chaque mot que j'ai dit, murmurai-je. Tous les mots.

— Je sais. Je t'aime.

La voix de Michel pénétra ce moment :

— Je suis désolé de vous interrompre.

Une lumière blanche brillait autour de ses mains, et le collier avait disparu.

— Mais il faut qu'on parle. Si ce que dit Lucifer est vrai, alors il y a des centaines d'anges qui ont besoin d'être secourus. Je voudrais vérifier la véracité de cette affirmation le plus tôt possible.

Maman releva la tête depuis là où elle était assise.

— George, croassa-t-elle.

Papa.

— Savez-vous où ils sont gardés ? lui demanda doucement Gabriel.

— Elle ne peut pas te le dire. Elle a une malédiction coupe-langue, déclara Nox.

— Gabriel ne peut pas la lever ? demandai-je.

— Non. Sinon, on l'aurait déjà fait avec Max.

Cornu s'avança, évitant complètement de regarder Michel.

— J'ai reconnu l'endroit que nous avons vu dans le portail. Sa signature magique.

— Vraiment ? dit Nox en haussant les sourcils.

— Oui. Je crois que ce sont les grottes sous la forteresse de ma famille.

— Merci, Cornu, soufflai-je.

Nox me regarda, le visage rempli d'inquiétude.

— Je dois y aller. Mes frères ne peuvent pas entrer en enfer. Est-ce que ça ira ?

Je hochai la tête.

— Oui. Sauve mon père.

Il m'embrassa encore une fois, puis regarda Cornu.

— Tu veux venir avec moi ?

Le démon hésita, puis hocha la tête.

— Vous auriez pu me renvoyer en enfer. Mais vous m'avez laissé rester.

— Tu méritais ces représailles. Je respectais Madaleine. Et je suis désolé pour sa mort.

Cornu inclina le menton et redressa sa posture.

— Allons en enfer et trouvons ces anges.

Dès que Nox et Cornu furent partis, je me dirigeai vers ma mère.

— Beth, souffla-t-elle alors que je me laissais tomber sur le carrelage à côté d'elle. Beth, je ne peux pas commencer à te dire à quel point je suis désolée.

Des larmes coulaient de ses yeux.

— Je suis désolée pour tout.

Je levai les yeux vers Gabriel, et il sourit.

— Sa peau est guérie. Elle ira bien, dit-il.

Puis il se retourna, nous laissant seuls.

Je me penchai, enroulant mes bras autour d'elle aussi étroitement que possible.

— Tu nous as tous sauvés. Moi, papa, peut-être toute l'humanité. Tu as été si courageuse.

— Non, sanglota-t-elle contre mon épaule. J'ai été faible. J'ai fait tout ce qu'il m'a dit de faire, et des gens ont été tués.

— Tu as aussi fait plein de choses qu'il ne t'avait pas dit de faire, et c'est grâce à toi que nous l'avons vaincu !

Je me dégageai, essuyant des larmes sur le visage

habituellement stoïque et sans émotion de ma mère. Le soulagement m'envahit, et le désir de la tenir pendant des heures était intense.

Je l'attirai vers moi et elle me laissa faire.

— Comment as-tu entendu parler du collier ?

— Ton père travaillait pour le Ward il y a de nombreuses années. Quand Examinus m'a envoyée pour la première fois à Londres, j'ai pris contact avec l'un de ses vieux amis là-bas, et il m'a fait rentrer clandestinement dans les archives du Ward. J'ai tout parcouru pour trouver ce qui pouvait tuer un dieu. J'ai vite découvert qu'il n'était pas envisageable de le tuer, mais que je pourrais peut-être le piéger. J'ai trouvé trois ou quatre objets assez forts et, quand j'ai vu qu'il y en avait un à vendre ici... c'était la meilleure chance que j'avais.

— Alors c'est à cette personne que tu parlais quand je t'ai entendue à la radio.

Elle se tourna contre mon épaule, battant des paupières pour éclaircir ses yeux larmoyants, alors que ses sourcils se haussaient d'un air interrogateur.

— Je t'ai entendue dire à quelqu'un que je ne devais jamais te retrouver.

La culpabilité se lut sur son visage.

— Je ne voulais pas que tu sois impliquée. Mais Banks a commencé à s'impatienter, et Examinus a menacé de tuer ton père... J'ai dû t'envoyer la note avec le billet du musée. J'ai aussi caché le symbole là-dedans, juste au cas où cela vous aiderait. Je suis désolée, Beth.

— C'est bon, maman. Tu as été formidable.

— Tu le penses vraiment ?

— Oui.

Elle se tut un instant.

— Tu as été incroyable aussi, dit-elle doucement. Quand j'ai vu que tu avais le pouvoir du diable en toi, j'ai eu le cœur brisé. Mais maintenant...

Elle bougea maladroitement, de manière à me faire face.

— Maintenant, je vois à quel point tu es vraiment forte. Et d'après ce que j'ai vu ces derniers jours, je ne crois pas qu'il t'ait changée.

— Il m'a changée, maman. Mais pas en pire. Je te le jure.

Ses yeux s'embuèrent à nouveau.

— Il y a tellement de ton père en toi. Vous m'avez tellement manqué, tous les deux.

Je sentis mes propres yeux s'échauffer.

— Je sais, maman. Moi aussi.

Il y eut un bruit derrière nous, et Michel parla.

— Ils arrivent.

Je me levai rapidement, tirant maman en même temps, alors qu'un petit portail tourbillonnant apparaissait de l'autre côté de l'atrium détruit.

Nox et Cornu le traversèrent, en tenant chacun le bras d'un homme. Un homme que je n'avais pas vu depuis cinq ans.

Mon père.

— Gloria, Beth !

Sa voix était à peine plus forte qu'un murmure, mais

elle était si remplie de joie qu'elle porta tout de même jusqu'à nous.

— George !

Ma mère courait, et mes yeux s'embuèrent de larmes alors que je la suivais. Maman se jeta à son cou, et Nox et Cornu s'éloignèrent. Je contemplai le visage de papa alors qu'il serrait ma mère contre lui.

Il semblait être exactement le même. Sa figure inspirait de la chaleur, et des rides de rire lui plissaient la peau à tous les bons endroits. Il caressa les cheveux de maman pendant qu'elle sanglotait, en lui parlant doucement.

— Ça va, Gloria, je suis là. Je suis là.

Il croisa longuement mon regard quand j'arrivai à leur hauteur, et la boule s'échappa de ma gorge en un sanglot.

— Beth, dit-il en me souriant. Je savais que tu t'en sortirais. Je savais que tu nous trouverais. Je l'ai toujours su. J'ai toujours su que ma fille nous sauverait.

— **B**on. Alors pourquoi vouliez-vous me parler ? demandai-je en regardant tour à tour les trois archanges, et ma mère et mon père.

Béhémoth gazouillait.

Si on avait dit à une version plus jeune de moi que ma mère siroterait un jour du thé sur le divan du diable, j'aurais traité cette personne de fou. Mais c'était, en fait, exactement ce qui se passait.

Nous étions dans le salon de Nox. La confrontation au musée avait eu un certain nombre de conséquences surprenantes, et pas des moindres, comme le fait que Nox avait autorisé ses deux frères à entrer chez lui pour discuter de la gestion de l'enfer. Avec mes parents, pour une raison quelconque.

Une autre conséquence surprenante avait été la demande officielle de Béhémoth à Techa pour devenir mon gardien. J'étais à peu près sûre qu'il avait inventé le rôle de Gardien, avec un G majuscule, mais, pour mon plus grand plaisir, Techa avait accepté. Béhémoth et moi, c'était devenu permanent, et mon cœur se réchauffait chaque fois que je m'en souvenais. Il avait largement contribué à sauver la vie de mon père, en gardant les saints à travers le portail.

De plus, il était vraiment mignon.

— Beth, Nina nous a envoyé davantage d'analyses à propos de tes résultats sanguins, et j'ai beaucoup discuté avec Adstutus. Ils ne savent pas pourquoi mon pouvoir a pu rester dans ton corps. Mais tu n'es plus humaine. Et tu n'es pas un ange.

— Je ne suis pas humaine ? répétai-je.

J'avais eu assez de temps maintenant pour m'habituer aux ailes et à la chaleur magique que mon corps produisait, et cette révélation sembla moins alarmante qu'elle aurait pu l'être. Mais c'était quand même assez déstabilisant.

— Qu'est-ce que je suis ?

— Nous ne savons pas, et c'est passionnant, déclara Michel.

Je le regardai avec surprise. Son attitude habituellement glaciale envers Nox avait disparu depuis que les saints avaient été secourus, et il me regardait avec un sourire radieux. Sa joie était contagieuse.

— Passionnant ?

— Oui, dit Nox. Je croyais que la seule façon de partager mon pouvoir était de le remettre à des créatures infernales. Des anges déchus assez forts pour le contenir.

Mais, comme tu as pu le constater, cela les a tous corrompus.

— Sauf Madaleine. Elle était assez forte, interrompis-je.

— Je ne suis pas sûr que cela lui ait fait tant de bien, dit Gabriel d'un air songeur.

— Ce n'est pas le sujet, déclara Nox en regardant sérieusement tout le monde. Le fait est que, quoi que tu sois devenue, Beth, tu es capable de porter mon pouvoir. Sans être corrompue.

Je clignai des yeux.

— Comment ?

— Nous supposons que cela est dû au fait que tu sois la progéniture d'un ange. Pas n'importe quel ange. Un saint. Le bien qui sommeille en toi peut compenser la magie de l'enfer.

— Cela signifie que tu pourrais être en mesure de partager ton rôle, finalement ?

Je ne pouvais pas retenir l'excitation de ma voix alors que je regardais Nox.

Il hocha la tête, les yeux brillants.

— Peut-être. Je pense que j'ai donné mon pouvoir aux mauvais anges.

— Il y a un problème, cependant, intervint Michel.

Nous le regardâmes tous.

— Tu n'es *pas* un ange. Ce qui signifie que tu ne peux pas te voir attribuer une position dans le Voile, gérer de la magie du péché, ou être utile de quelque manière que ce soit. Parce que tu ne vivras pas assez longtemps.

La brusquerie de ces mots venant de Michel, prononcés si joyeusement, me frappa dans les tripes.

— Je pense que c'est là que j'interviens.

La voix profonde et grondante de mon père attira toute notre attention sur lui. Il haussa les sourcils à l'attention de Nox, et Nox sourit.

— Ton père m'a aidé, ces derniers jours. Avec ça.

Nox se pencha et sortit un petit livre relié en cuir de sous le canapé. Il le posa sur la table basse devant nous.

— Qu'est-ce que c'est ? soufflai-je.

— Un nouveau livre des péchés. Mais pas pour les péchés. Cela déplace la magie céleste.

— Tu as fait quelque chose pour la magie céleste ?

Je regardai ses frères, m'attendant à ce qu'ils réagissent. Mais Gabriel souriait, détendu, et Michel se penchait en avant avec enthousiasme.

— Vous le saviez tous, dis-je lentement.

— Oui. Nous ne te l'avons pas dit, parce que nous ne voulions pas te donner de faux espoirs tant que nous ne savions pas que cela fonctionnerait, dit papa doucement.

— Que quoi fonctionnerait ?

Papa tendit la main, prenant la mienne.

— Beth, si tu me le permets, j'aimerais te donner un peu de ma magie.

Les larmes me montèrent immédiatement aux yeux, et je lui serrai fort la main.

— Vraiment ?

— Oui. Si tu en veux.

— Bien sûr que j'en veux ! Je ferais n'importe quoi pour être plus comme toi.

Je me penchai en avant, l'étreignant fort, et il rit.

— Beth, il y a quelque chose que tu dois d'abord savoir, déclara Nox.

Son visage était sérieux, mais l'excitation dansait dans ses yeux quand je me tournai vers lui.

— Malc et Adstutus pensent que combiner les magies céleste et infernale en toi te transformera en quelque chose de nouveau. Un ange, mais pas déchu ou saint. La première de ton espèce.

— Immortelle ? chuchotai-je.

— Oui, répondit-il d'une voix plus basse et rauque. Pour être à mes côtés pour l'éternité.

— Je vais le faire.

— C'est parti, dit papa en prenant le livre.

Il remua sur son siège et ouvrit le volume. L'écriture sur les pages était magnifique, même si je n'y comprenais rien.

Il en tourna quelques-unes, puis s'arrêta, mettant son doigt sur l'une avec un petit croquis de marguerite au milieu. Soigneusement, il arracha la page du livre. Une lumière bleu pâle brilla brièvement, et il posa le livre sur le canapé entre nous.

Il me sourit.

— Cela va fonctionner. Je sais que oui. Et je ne pourrais pas être plus heureux de partager mon pouvoir avec toi, ma petite chérie, déclara-t-il.

Avec une profonde inspiration, il m'offrit la page et se

mit à parler en latin. Je la pris et haletai en sentant le pouvoir me picoter le bras et se propager rapidement.

L'Espoir. Il n'y avait pas d'autre mot pour décrire la sensation qui balaya mon corps, tourbillonna et s'enlaça avec la passion féroce et brûlante qui y couvait maintenant.

L'Espoir.

L'espoir d'être la première de mon espèce. Un pont entre Nox et ses frères. Une façon pour lui de partager son rôle incroyable avec ceux qui pourraient l'exécuter avec justice.

L'Espoir.

L'espoir de passer une vie éternelle avec lui. Je pourrais le garder entier, veiller sur son âme. Et il pourrait passer une vie sans fin à me remplir de ce plaisir fantastique et illimité de l'esprit, du corps et de l'âme.

Papa m'adressait un sourire rayonnant tout en prononçant les mots, puis il lâcha la page. Celle-ci brillait à nouveau du même bleu pâle, et je compris que j'étais liée à lui. Pour toujours.

— Comment te sens-tu ? chuchota maman, quand papa eut cessé de parler.

— Je me sens bien. Pleine d'espoir, souris-je.

Papa se pencha en avant et m'embrassa sur la joue.

Michel se leva.

— Quand tu auras vu le génie, et qu'il pourra confirmer que tu es devenue un ange, nous reviendrons.

Il se tourna vers Nox, et Nox se leva aussi.

— En attendant, nous commencerons à chercher de

bons candidats pour faire tourner la responsabilité de tes péchés, mon frère.

Nox hocha la tête.

— Merci.

Michel adressa un dernier sourire radieux à tout le monde dans la pièce, puis sortit à grands pas. Gabriel serra la main de Nox.

— A bientôt, mon frère, sourit-il avant de suivre Michel.

— Eh bien, dit maman. Qu'est-ce qu'on fait maintenant ?

Béhémoth sauta sur le siège que Gabriel avait laissé vacant.

— C'est une occasion capitale. On devrait faire quelque chose d'important.

— Comme quoi ?

Mon téléphone sonna avant que quelqu'un puisse répondre. Je le sortis de ma poche. Un appel vidéo. De Francis.

— Ma chérie !

— Salut, Francis. Je suis avec Nox et mes parents, dis-je rapidement, avant qu'elle ne puisse dire quoi que ce soit d'inapproprié.

Je tournai la caméra, et tout le monde lui fit signe. Elle agita vivement la main en retour.

— Regarde avec qui je suis !

Elle déplaça son téléphone pour faire de la place à un autre visage. Debout derrière elle, un sourcil parfait haussé, se tenait Rory.

— Oh ! Salut !

— Elle m'a appris quelques ficelles. Avec l'arbalète de mon chéri, expliqua Francis.

Elle s'était remise remarquablement rapidement de son attaque par des momies vivantes et du spectacle d'un homme se faisant arracher la tête par un chien des enfers. Claude avait rapporté que, quelques heures après qu'il l'eut ramenée chez elle en toute sécurité, de retour du musée, elle avait raconté toute l'histoire à six personnes âgées, mangé la majeure partie d'un reste de gâteau et s'était évanouie. Le lendemain matin, elle avait essayé de convaincre tous ceux à qui elle avait raconté l'histoire que c'était une idée pour un film. Chaque fois qu'elle m'en avait parlé, ses yeux s'illuminaient d'excitation.

Je soupçonnais qu'elle apprenait à utiliser l'arbalète afin de passer plus de temps avec Claude, plutôt que par peur pour sa vie.

— C'est super, lui dis-je.

— Oui. On se demandait si vous vouliez dîner, ce soir. Ici, à la maison. Il y a *Matrix* qui va passer dans la salle de jeux.

Je levai les yeux vers Nox, cachant mon sourire. L'idée que le diable dîne dans une maison de retraite serait toujours un tantinet amusante.

— Pourquoi on ne dînerait pas ici ? On peut regarder *Matrix* dans mon home cinéma. Et quelqu'un d'autre que le chef de la maison de retraite peut cuisiner, ajouta-t-il dans un souffle.

Francis lui sourit.

— Honnêtement, j'espérais un peu que tu dirais ça.

Quand elle raccrocha, maman et papa se levèrent.

— Vous êtes également les bienvenus pour dîner, déclara Nox, un peu maladroitement.

Papa sourit.

— Super. On doit passer chercher des meubles pour l'appartement, alors on reviendra vers sept heures ?

— À plus tard.

Après les avoir salués pendant qu'ils s'éloignaient en taxi, Nox se tourna vers moi en grognant.

— Je pensais qu'ils ne partiraient jamais tous.

Le désir dansait dans ses yeux, et je pus sentir son pouvoir de Luxure chuchoter sur ma peau, ce qui fit battre mon pouls.

— Vous vouliez me voir seule, M. Nox ?

— Je te veux, point final.

Il s'approcha de moi, me pressant fort contre le mur du couloir.

Un désir liquide s'accumula entre mes jambes alors que son corps brûlant entrait en contact avec le mien.

Avec une douceur qui ressemblait presque à de la torture, il passa son pouce sur ma joue, puis ma lèvre.

— C'est nous, Beth. Si c'est ce que tu souhaites. Cela peut être notre vie.

La joie me traversa le corps, alors que je levais les yeux vers son visage tout à fait magnifique.

— Oui. Je le veux. Je te veux. Je veux de cette vie.

— Dis-moi que tu m'appartiens.

— Je t'appartiens.

— Je vous aime, Miss Abbott.

— Je vous aime, M. Nox.

FIN

MERCI D'AVOIR LU !

Merci beaucoup d'avoir lu *Le Pacte avec le diable*. J'espère que vous avez aimé ! Si oui, je serais éternellement reconnaissante que vous laissiez un commentaire ! Ça aide beaucoup. Cliquez juste ici et laissez quelques mots, et ça me fera ma journée !

Cette série est différente de ce que j'écris généralement – c'est-à-dire de la fantasy-romance inspirée de mythologie grecque – et je voulais vous remercier de lui avoir laissé sa chance !

Cela m'a étonnée à quel point Londres m'a manqué quand nous nous sommes retrouvés confinés pendant la pandémie et, après des mois passés à la maison, ces personnages et ce monde m'ont réclamé de les coucher sur papier... Et peu importe mon planning d'écriture !

J'espère que vous êtes aussi contents que moi de la fin de l'histoire de Beth et Nox, et **merci beaucoup** pour la lecture.

Je retourne sur l'Olympe avec ma nouvelle série, *Les Épreuves de Poséidon,* mais ce ne sera pas la dernière fois que vous entendrez parler du Voile (Francis, Rory et Béhémoth ont quelques aventures sur le feu et, franchement, il n'y a rien que je puisse faire pour les en empêcher.)

REMERCIEMENTS

Des remerciements particuliers à ma mère et à mon mari, pour *absolument tout,* la dernière année. Vraiment tout.

Merci à ma fantastique éditrice, sans laquelle ce livre n'aurait sans doute pas été terminé avant 2025.

Et merci beaucoup à mes amis écrivains qui m'ont aidée à ne pas devenir folle, et à rester motivée et heureuse, quand j'en avais besoin. Vous vous reconnaitrez – merci ! xxx